Notas de seducción

HEIDI RICE

WITHDRAWN

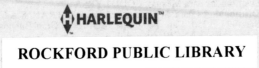

Editado por HARLEQUIN IBÉRICA, S.A.
Núñez de Balboa, 56
28001 Madrid

I.S.B.N.: 978-84-687-2755-4
Depósito legal: M-2647-2013
Editor responsable: Luis Pugni
Fotomecánica: M.T. Color & Diseño, S.L. Las Rozas (Madrid)
Impresión en Black print CPI (Barcelona)
Fecha impresion para Argentina: 21.10.13
Distribuidor exclusivo para España: LOGISTA
Distribuidor para México: CODIPLYRSA
Distribuidores para Argentina: interior, BERTRAN, S.A.C. Vélez
Sársfield, 1950. Cap. Fed./ Buenos Aires y Gran Buenos Aires,
VACCARO SÁNCHEZ y Cía, S.A.

# *Capítulo Uno*

«Tómate un tranquilizante, amigo. Se trata de una emergencia», se dijo Ruby Delisantro, sin hacer caso de los pitidos del coche de atrás, mientras se miraba en el espejo retrovisor y se pintaba los labios para tranquilizarse.

Aquella pequeña pero selecta cadena de restaurantes en Hampstead llevaba en su lista más de un año. Había tardado meses en conseguir la cita de aquella tarde con el cocinero y quería tener el mejor aspecto posible antes de empezar a buscar aparcamiento.

Le resultó más difícil no hacer caso del chirrido de frenos y la sacudida que experimentó segundos después, al tiempo que el pintalabios se le metía por la nariz.

—¡Por Dios!

Se sacó el tubo del orificio nasal izquierdo, se limpió a toda prisa y se bajó del coche. Si le habían causado algún daño a su querido coche, que acababa de pasar una revisión, iba a haber muertos.

—¿Qué le pasa? ¿No sabe dónde está el freno? —le gritó al hombre parapetado tras el parabrisas del bonito descapotable italiano pegado a su parachoques.

3

«Típico. Un niñato conduciendo un coche que le viene grande», pensó.

El niñato se agarró a la parte superior del parabrisas para incorporarse y bajarse de un salto. Ruby dejó de respirar y deseó haber perdido los tres kilos de los que llevaba diez años intentando deshacerse.

No era un niñato. Era todo un hombre.

Alto, fuerte, de miembros largos, guapísimo, con el pelo oscuro muy corto, anchos hombros y caderas estrechas que mostraba hábilmente gracias a unos vaqueros gastados y de cintura baja. Ocultaba los ojos tras unas caras gafas de sol.

«¿Me está examinando?», se preguntó Ruby al ver que él agachaba la cabeza.

–¿Que qué pasa? –él levantó las manos, lo que hizo que los músculos del pecho se le marcaran bajo la camiseta. ¿Qué le pasa a usted? Ha aparcado en medio de la calle.

Ruby inspiró para que los pulmones retomaran su actividad y tardó unos segundos en decidir la respuesta.

Lo bueno era que le encantaba flirtear. Y se le daba muy bien. Adoraba la chispa de la atracción sexual, la tensión fascinante del juego verbal. Y la ocasión de flirtear con alguien tan guapo no se le presentaba todos los días. Además, el vestido que llevaba le sentaba muy bien.

Alzó la vista para contemplar los músculos pectorales masculinos. Pero, ¿en qué estaba pensando? No tenía tiempo de flirtear con aquel tipo, por muy espectacular que fuera su aspecto. Tenía una cita.

–Tenía sitio de sobra para pasar –le dijo mirándolo con dureza–. Y era una emergencia, por así decirlo.

Él le miró la boca mientras se pasaba la lengua por los labios, repentinamente resecos.

«Nada de flirteos, Ruby», se dijo.

Él se echó a reír con incredulidad.

–¿Desde cuándo es una emergencia pintarse los labios?

–Tenía los intermitentes encendidos –replicó ella sin hacer caso de su burla. Los hombres estaban genéticamente programados para no comprender la importancia de pintarse los labios, así que no iba a explicarle que el mero hecho de hacerlo aumentaba la seguridad en una misma cuando había que hacer negocios–. Y ha chocado conmigo –se acercó a él mientras daba gracias a que los centímetros de sus altos tacones corrigieran hasta cierto punto la diferencia de altura entre ambos. Aunque no tuviera tiempo de flirtear con él, sí tenía de hacerlo sufrir–. Y si se hubiera tomado la molestia de leer el código de la circulación, sabría que tengo razón, por mucha testosterona que exhiba usted.

Le miró la bragueta con desprecio para añadir énfasis a sus palabras, pero los ojos se le quedaron clavados en el prominente paquete que mostraban los vaqueros. Sintió que le ardían las mejillas, lo cual la sorprendió aún más, ya que no era de las que se sonrojaban.

–Esas luces son las de emergencia, no las de aparcamiento –dijo él en tono divertido. Cruzó los brazos y los bíceps se le marcaron bajo las mangas de la camiseta. Ruby perdió el hilo de sus pensamientos–. Y si se hubiera molestado en leer el código de la circulación, lo sabría, por muchos estrógenos que exhiba usted.

Volvió a bajar la cabeza para mirarle directamente el escote.

–Y aunque veo que son muchos –prosiguió con una sonrisa de superioridad en sus sensuales labios–, no es excusa para saltarse las normas de circulación.

A ella se le endurecieron los pezones y experimentó una sensación caliente e incómoda entre los muslos.

Aquello iba fatal. La estaba riñendo y excitando al mismo tiempo.

Se puso una mano en la cadera.

–No hago caso de las normas –dijo mientras extendía un dedo en dirección a su pecho–. Hacen que la vida sea muy aburrida, ¿no cree?

Él la agarró por la muñeca y se quitó las gafas. Ella se estremeció al observar el verde oscuro de sus ojos.

–Me parece que necesita algo más que clases de conducir –murmuró él mirándola de forma tan penetrante que ella pensó que iba a derretirse.

Se soltó de su mano.

–Y supongo que, como todos los hombres, cree que puede dármelas –se burló ella. ¿Y si estaba jugando con fuego?

Él soltó una risa áspera.

–No soy como los demás hombres –dijo él en voz baja, con una seguridad que hacía juego con sus ojos, que la estaban invitando a acostarse con él.

–Eso es lo que dicen todos.

–Sin duda, pero puedo demostrárselo. La cuestión es si va a permitírmelo.

Ella parpadeó y dio un paso atrás.

Había perdido el control de la situación sin saber cómo.

Aunque le gustara flirtear, no iba a irse con un hombre al que hacía diez segundos que conocía, a pesar de que tuviera la capacidad de revolucionarle las hormonas.

Además, un sexto sentido le indicaba que no era su tipo.

Se apartó los rizos castaños de la cara.

–Es una oferta tentadora –afirmó con todo el sarcasmo del que era capaz–. Pero ya he quedado esta tarde. Y no hago tríos.

Seguida por la risa de él, se dirigió al coche moviendo las caderas para demostrarle que se retiraba con dignidad.

–Es una pena –dijo él–. Creía que era usted una chica mala.

Ella lo miró mientras abría la puerta.

–Vuelve a equivocarse. No soy una chica. Soy una mujer.


Callum Westmore se rio cuando la joven belleza se subió a su coche rojo.

Mientras el coche se alejaba, ella le dijo adiós con la mano. Él hizo lo mismo al tiempo que experimentaba un fuerte calor en la entrepierna. Volvió a reírse.

¿Acaso lo sorprendía? ¿Cuánto hacía que no le resultaba tan tentadora una mujer? Y ella lo había rechazado sin motivo, ya que estaba seguro de que se había inventado lo de la cita.

Vio que el coche se detenía al final de la calle y giraba. Fu entonces cuando leyó, escrito en letras rosas en la puerta: *Un toque de glaseado: cupcakes a medida,* junto a una dirección electrónica y un número de teléfono.

Ella desapareció entre el tráfico y él se dispuso a comprobar si su Ferrari había sufrido algún daño. Por suerte, solo una rozadura en el parachoques.

Subió al coche y sacó el teléfono. A pesar de la discusión, la culpa del choque había sido principalmente suya. Había tomado la curva demasiado deprisa. Marcó un número.

Cal siempre se atenía a las normas. Como era abogado, la ley no solo constituía su profesión, sino que su vida estaba regida por el orden y la responsabilidad, así que tendría que localizar a aquella mujer y pagarle los daños.

Sonrió. La idea de volver a verla lo seducía. Prefería que las mujeres fueran predecibles y poco exigentes, lo que hacía que su atracción por ella le resultara desconcertante, ya que se veía claramente que no era una mujer dócil ni fácil de contentar.

Pero había dejado de hacer vida social desde

que Gemma había dejado de acostarse con él un mes antes, porque él se había negado tajantemente a que ella se mudara a su casa. Le gustaba tener su propio espacio, la soledad. ¿Tan difícil era de entender? Con dos casos importantes para el mes siguiente, se había resignado a pasar el verano sin compañía femenina.

Pero tenía un largo puente por delante para aprovecharlo.

Recordó la suavidad de la piel de la muñeca de ella, la velocidad a la que la latía el pulso… Estaba seguro de que la atracción había sido mutua.

Y mientras encendía el motor se dijo que cuando se volvieran a ver, ella no podría deshacerse de él con tanta facilidad.

# Capítulo Dos

–¿Qué tal te ha ido?

Ruby miró a Bella, su ayudante, mientras lanzaba el bolso y la carpeta con las fotos de los productos en el sofá que había en la recepción de la tienda.

Se descalzó y se dejó caer en el sofá.

–No me lo preguntes –gimió.

Ella se sentó a su lado.

–Pero creía que era cosa hecha.

–Lo hubiera sido si el parachoques del coche no se hubiera caído, por lo que he llegado veinte minutos tarde a la cita. Por desgracia, los cocineros con dos estrellas Michelin no son famosos por su paciencia y comprensión. Gregori Mallini se ha negado a recibirme y su mano derecha me ha soltado un discurso de diez minutos sobre lo valioso que es el tiempo para el gran Mallini, por lo que no hace negocios con personas que no son puntuales.

–¡Oh, no!

Ruby giró la cabeza. Bella, como siempre, tenía azúcar en la nariz y las mejillas. Se sintió culpable.

–¿Pero no habías llevado el coche al mecánico hace una semana?

–Sí, pero fue antes de que un coche deportivo italiano le diera un golpe –respondió Ruby.

«Y de que su dueño me revolucionara las hormonas», pensó.

Si el tipo no la hubiera distraído, se habría dado cuenta del daño que había sufrido el coche.

Había tenido que atravesar medio barrio a la carrera con unos zapatos de tacón que se había comprado para impresionar a un cocinero al que al final no había visto.

–¿Has tenido un accidente? –Bella ahogó un grito–. ¿Estás bien?

–Perfectamente –contestó Ruby con calma.

Su ayudante era también su mejor amiga. Eran amigas íntimas desde la escuela. Bella era un encanto, y una artista a la hora de imaginar glaseados para los *cupcakes*.

–Estoy bien –aseguró.

O lo estaría cuando dejara de tener ganas de hacerse el *harakiri* con uno de los cuchillos de la cocina. ¿Cuándo iba a empezar a comportarse como una persona adulta y a dejar de distraerse con el primer chico guapo que viera?

Era posible que el dueño del Ferrari ni siquiera fuera tan guapo. Probablemente hubiera exagerado su atractivo por lo nerviosa que estaba a causa de la cita con el cocinero y del choque.

Frunció el ceño.

Y ahí estaba, pensando de nuevo en él, en un tipo que ni siquiera sabía cómo se llamaba. Y hacía horas que se había prometido dejar de hacerlo.

–¿Estás segura de que te encuentras bien? Pareces disgustada –murmuró Bella.

Ruby se obligó a sonreír.

–Sí, lo estoy y es conmigo misma –suspiró–. Te he fallado, Bella; y me he fallado a mí misma. Conseguir que nuestros *cupcakes* estuvieran en el menú de meriendas del Cumberland nos hubiera dado a conocer. Hubiéramos recibido una avalancha de pedidos.

Soltó un profundo suspiro mientras el sueño se alejaba definitivamente de su mente.

–Nos hubiéramos convertido en las reinas de los *cupcakes* –añadió con un toque de humor–. Hubiéramos podido ganar el Nobel de la pastelería.

Bella sonrió.

–No dejes de soñar, Ruby. Se te da muy bien.

«Es una lástima que no se me dé tan bien controlar el flirteo», pensó Ruby.

Apartó esa idea de su cabeza. Bella tenía razón: habría más oportunidades, siempre que siguieran soñando y que no dejaran de hacer los mejores *cupcakes* del mundo. Y no iba a ayudarlas castigarse por lo que había sucedido con el todopoderoso Gregori Mallini y por sus problemas para controlarse y no flirtear.

La próxima vez tendría que hacerlo mejor.

Bella se puso de pie y le tendió la mano.

–Vamos –le dijo a Ruby mientras la levantaba–. Quiero que pruebes algo. Creo que he encontrado el glaseado perfecto para acompañar la masa de mango y fruta de la pasión.

Ruby sintió una familiar punzada de excitación mientras seguía a su amiga. Descubrir nuevas combinaciones era más divertido que contemplar su vida amorosa.

Su vida sería perfecta si los *cupcakes* pudieran proporcionarle orgasmos y se pudiera flirtear con ellos.

Sintió el orgullo habitual al entrar en la cocina. Dos años antes, su amiga y ella se habían hipotecado hasta el cuello para comprarla.

Aquel era su mundo. Aquello era lo importante en la vida. Le encantaba enamorarse, pero había tenido que pagar un precio para darse cuenta de que no duraba; además, después estaba el desagradable asunto de desenamorarse. El amor era caprichoso. Nunca le había proporcionado la misma satisfacción constante que su cocina, en la que había los instrumentos y el mobiliario más modernos del mercado.

Era todo lo que deseaba en la vida. Bella y ella la habían construido con gran esfuerzo y reinaban en aquel espacio.

Mientras tuviera el negocio, no le importaría no haber encontrado al hombre ideal. Tal vez un día decidiera comenzar a buscarlo, pero no se le daba bien hacer varias cosas a la vez, como había señalado Johnny, su último novio, seis meses antes, cuando se habían separado. Así que había decidido no volver a iniciar otra relación durante un tiempo. Y hasta aquel momento lo había conseguido, aunque de vez en cuando se le dispararan las hormonas, como aquella mañana.

Bella tomó una espátula, la introdujo en un recipiente y depositó una crema amarilla en los bollos que Ruby había hecho antes de salir para la cita.

–Pruébala a ver qué te parece.

Un delicioso sabor a especias y cítricos le llenó la boca.

–Aunque me repita, esto es mejor que el sexo –o al menos de la mayor parte del que ella había tenido.

Bella se echó a reír y aplaudió.

–Está buena, ¿verdad?

–No está buena, es orgásmica. Percibo el gusto de la naranja, el limón y la canela, pero lleva algo más. ¿Qué es?

–Es un secreto –afirmó Bella sonriendo de oreja a oreja–. Pero me he pasado dos horas probando muestras hasta conseguirla.

–Pues ha merecido la pena. La añadiremos al menú inmediatamente y…

–Hablando de amor y de sexo orgásmico –la interrumpió Bella– hace una hora he tenido una agradable conversación con el nuevo hombre de tu vida. ¿Por qué no me has dicho nada? Si su aspecto es solo la mitad de delicioso que su voz, creo que te ha tocado el gordo.

–¿Qué hombre nuevo?

–Callum Westmore.

–No conozco a nadie con ese nombre.

–¿Estás segura?

–Claro que sí. Aunque sea una frívola, siempre pido a los hombres que me digan su nombre antes de quedar con ellos –afirmó con ironía.

Bella se llevó la mano a la boca.

–¡Ay!

–¿Qué te pasa?

–Crei que salías con él. Parecía tan seguro de sí mismo y… con esa voz tan maravillosa. Me dijo que tenía que verte urgentemente, así que le dije que terminábamos a las cinco y media.

–¿Le has dado esta dirección? –tenía una norma, que Bella conocía perfectamente: no dar la dirección del negocio a los hombres con los que salía, para no mezclar las cosas–. ¡Bella, no! –exclamó.

Y lo más importante de todo, ¿quién demonios era aquel tipo? No era el primero que había intentado sonsacar a Bella, pero ella siempre había defendido la intimidad de Ruby porque sabía lo fácilmente que caía en la tentación, sobre todo después de la desagradable ruptura con Johnny.

Entonces, ¿cómo se las había arreglado Callum Westmore, quienquiera que fuera, para conseguir que Bella le diera la información con tanta facilidad?

La imagen del tipo superguapo de la mañana surgió en su mente, la imagen del hombre de la que no había logrado deshacerse en toda la tarde.

–¿Qué te dijo el tal Callum Westmore exactamente? –preguntó a Bella, aunque estaba ya prácticamente segura de quién era. ¿A quién más conocía con la arrogancia y la seguridad suficientes para llamar y conseguir la información que deseaba sin ningún esfuerzo?

–Que tenía que verte. De hecho, casi lo exigió.

Pero, francamente, no se me pasó por la cabeza rechazarlo.

Ruby masculló una maldición.

Al menos ya sabía cómo se llamaba: Callum Westmore. Parecía el nombre de un caudillo escocés del siglo XII, dispuesto a tirarse del caballo y llevarse a cualquier mujer que le gustara, tanto si ella quería como si no.

Callum Westmore no se asemejaba en nada a su hombre ideal, por lo que su conducta hubiera debido parecerle despreciable. Entonces, ¿por qué se le había acelerado el corazón al pensar en volver a verlo?

Las sobresaltó el timbre de la puerta.

Ruby miró el reloj: las cinco y media en punto.

—Es él —susurró. Era ridículamente puntual, lo cual constituía otro motivo de desagrado para ella, que nunca conseguía serlo, como había demostrado el fiasco de esa tarde con Gregori Mallini.

—¿Quieres que le diga que no estás? —murmuró Bella como si él pudiera oír a través de las paredes.

Ruby lo meditó durante un segundo.

—No, lo más probable es que haya visto mi coche. No te preocupes —añadió mientras salía de la cocina a grandes pasos—. Ya me encargo yo.

Tal vez la atracción que experimentaba hacia Callum Westmore fuera un poco sorprendente y desconcertante, pero no le cabía duda alguna de que podría enfrentarse a él sin problemas.

Aunque tuviera el nombre y la masculinidad dominante de un caudillo del siglo XII, ella no era un virgencita de sonrisa tonta.

Sin embargo, su irritación se mezcló con la excitación al ver la figura de Westmore a través del cristal esmerilado de la puerta. Inspiró profundamente y agarró el picaporte, segura de que ningún hombre iba a enamorarla...

A menos que ella quisiera.

–Callum Westmore, supongo –Ruby se fijó en sus anchos hombros, que la chaqueta de un traje de corte perfecto hacía resaltar, y el pelo muy corto en la nuca.

Tragó saliva cuando él se volvió y sus ojos verde esmeralda la miraron.

Tenía que haberse puesto los zapatos. Sin los tacones, le llegaba a la altura del pecho.

Alzó bruscamente la cabeza para mirarlo a la cara, a tiempo de ver que en sus labios se dibujaba una sonrisa cómplice.

–La señorita Ruby Delisantro, supongo –murmuró él con una voz ronca que a ella le aceleró el pulso.

Su imaginación no había exagerado lo atractivo y sexy que era. Era guapísimo, incluso con traje, lo cual era algo a tener en cuenta, ya que normalmente no le gustaban los ejecutivos elegantes.

Se concentró en respirar pausadamente y en recuperar el ritmo normal de los latidos del corazón.

–Ahora que ya nos hemos presentado, Callum –dijo ella– me gustaría saber qué haces aquí y por qué has engatusado a mi socia para conseguir información sobre mí.

—No me dedico a engatusar a la gente —respondió él mientras la examinaba de arriba abajo.

Su mirada lenta y meticulosa logró que le pareciera que tenía desnudo algo más que los pies.

Él volvió a mirarla a la cara con expresión divertida.

—Y yo diría que el motivo de mi visita es evidente.

Ruby se negó a sucumbir a la insinuación de sus palabras. ¿Qué se creía? ¿Que no tenía experiencia?

Inclinó a un lado la cabeza y lo observó, a su vez, de arriba abajo.

—Pues me parece que no es tan evidente, porque no se me ocurre ninguno.

Él sonrió.

—Te lo diré para que dejes de preocuparte.

—No lo estoy. Solo me pica levemente la curiosidad.

Él enarcó una ceja.

—¿Solo levemente?

—Así es —mintió ella.

—Entiendo —su sonrisa confiada demostró claramente que no lo había engañado—. Pues, por suerte, estoy dispuesto a satisfacer tu curiosidad —hizo hincapié en la palabra «satisfacer» y todo el cuerpo de ella comenzó a palpitar—. Pero solo si satisfaces la mía primero.

¿Por qué tenía Ruby la sensación de que ya no estaban hablando de la curiosidad? ¿Y por qué se veía incapaz de resistir el desafío de aquellos ojos verdes?

—¿Qué quieres?

—Conocerte mejor —afirmó él con un brillo depredador en los ojos—. Mucho mejor.

Ella lo estaba esperando y se había preparado para rechazarlo, pero las palabras se negaron a salir de su boca.

—Así que por eso te has tomado tantas molestias en localizarme —observó ella con indiferencia—. Para invitarme a salir. Supongo que debiera sentirme halagada.

—En realidad, no es el motivo fundamental de que haya llamado por teléfono y hablado con tu socia.

—No te olvides de que la has sonsacado —dijo ella con descaro.

Discutir con él le parecía un poco peligroso, lo cual lo hacía más irresistible. Y eso no era bueno, pero le daba igual. Había tenido un día horrible, en parte por culpa de él, por lo que parecía razonable flirtear un poco para consolarse.

—Ya te he dicho que no me dedico a sonsacar a los demás. Lo que he hecho ha sido persuadirla.

Ruby se encogió de hombros mientras admiraba los hoyuelos que a él se le formaban en las mejillas al sonreír.

—Entonces, ¿cuál es el motivo principal de haberme buscado?

—He venido a pagarte los daños del coche.

La sorpresa la dejó sin palabras.

—¿Estás de broma?

—Te he causado daños, por lo que tengo que pagar. Son las normas.

–¿Nunca te las saltas?

–Nunca.

–¡Qué afortunado! –exclamó ella. El hecho de que respetara las normas le resultaba tan sexy en él como todo lo demás.

–En absoluto –afirmó él–. Se llama ser civilizado –su mirada descendió hasta los pies de ella–. Ponte unos zapatos y hablaremos de lo que te debo mientras cenamos.

A ella le irritó su tono dictatorial. Era un hombre acostumbrado a dar órdenes a las mujeres, pero decidió no enfrentarse a él. Todavía. Le fascinaba la idea de pasar unas horas con él, la energía sexual que circulaba entre ambos, sobre todo porque sabía que de allí no iba a salir nada. No era su tipo. Y cenar con él lo dejaría patente.

–Iré a cenar contigo con una condición: que sea yo la que elija el sitio.

Su amigo Sol tenía un disco bar cubano donde los viernes por la noche ponían salsa. Ella solía ir con sus amigos. Las tapas picantes y los movimientos de los bailarines no eran para corazones delicados.

Callum se sentiría a disgusto inmediatamente en aquel ambiente, con el traje y la corbata, y ella dudaba que tuviera el valor de salir a la pista a bailar, por muy arrogante que fuera. Casi sintió lástima de él. Pero comprobar que no encajaba allí disiparía el extraño efecto que le había causado. Y se despediría de él para siempre al final de la velada. Sin remordimientos.

Él asintió, totalmente ajeno a lo que le esperaba.

–Con tal de que la comida sea comestible y que sea yo el que invite, me parece bien.

Ruby fue a por los zapatos y a retocarse el maquillaje. Sintió una punzada de culpabilidad. Sin embargo, después de decirle a Bella que se encargara ella de cerrar, salió a la calle y la culpa se convirtió en excitación a ver a Callum apoyado en el coche, lleno de seguridad en sí mismo. Necesitaba que le bajaran un poco los humos.

Cuando acabara la noche, aquel conquistador habría descubierto que no todas las mujeres que le gustaban estaban dispuestas a caer rendidas a sus pies.

En cuanto entraron en el bar, Cal se dio cuenta de lo que Ruby había tramado.

Ella saludó al camarero gritando y agitando la mano. Un joven moreno les indicó una mesa apartada, al otro lado de la pista de baile, mientras dirigía a Cal una mirada apreciativa.

Este le puso a Ruby la mano en la espalda desnuda para guiarla entre las mesas y sintió una sacudida que ella no pudo ocultar. Esbozó una sonrisa y el camarero lo fulminó con la mirada.

El local estaba lleno de gente joven. Un grupo tocaba en un rincón. Las parejas ejecutaban los intricados pasos de la salsa con gracia. Apenas eran las seis de la tarde y el bar estaba hasta los topes.

Una camarera se detuvo a dar un beso a Ruby y

le susurró algo al oído mientras examinaba a Cal. Cuando llegaron a la mesa, se habían tenido que parar una docena de veces. Ruby lo presentó a sus conocidos a voz en grito para hacerse oír por encima de la música.

Cal se quitó la chaqueta, la dejo en una silla, se quitó la corbata y se la metió en el bolsillo. Se desabrochó los botones superiores de la camisa para estar más cómodo y se dispuso a recibir lo que Ruby le tuviera preparado.

Era evidente que lo había llevado allí creyendo que un tipo con traje sería aburrido y se negaría a rebajarse a acudir a un bar de barrio donde ella era la reina. Sonrió para sí.

Por desgracia, ella había calculado mal porque él no se rendía tan fácilmente. No era un esnob, como ella creía. Y le gustaba bailar, sobre todo cuando era con una mujer a la que llevaba todo el día deseando. Un baile latino podía ser una forma muy satisfactoria de juego preliminar, sobre todo si uno sabía los pasos. Y tenía la impresión de que ella los conocía muy bien. Lo que ella no sabía es que él también.

Se sentó y esperó a que acabara de hablar con otro amigo. Se puso tenso y trató de relajarse cuando él la agarró por la cintura y la levantó para besarla.

Ella se deshizo de su abrazo y le acarició la mejilla. Su lenguaje corporal indicaba que, aunque le gustaba que le dedicara atención, su amistad era platónica. El chico lo saludó con la cabeza cuando ella los presentó y se marchó por donde había venido.

Supuso que Ruby solo salía con hombres a los que pudiera imponer su voluntad, y también que no le faltarían candidatos, fascinados por su cuerpo voluptuoso, su hermoso rostro y su vibrante personalidad.

Pero eso había sido antes de conocerlo a él.

Estiró las piernas mientras se regodeaba por anticipado con el enfrentamiento entre voluntades que se avecinaba.

¿Cuándo había sido la última vez que había seducido a una mujer, que se había esforzado en hacerlo?

Había elegido a Gemma y a casi todas sus predecesoras en su cama porque le dejaban marcar el ritmo. Pero hasta ese día no se había dado cuenta de que, al tomar la línea de menor resistencia, su vida sexual se había vuelto notablemente aburrida.

Tenía la impresión de que Ruby, por su naturaleza impulsiva, su labia y su deseo de dominarlo todo, podía resultar insoportable, pero esas mismas características hacían que fuera tremendamente sexy y todo un desafío. Y si se dejaba guiar por la excitación que le provocaba mirarle el escote, lo que iba a ganar merecía el esfuerzo.

Pasó el brazo por el respaldo de la silla de Ruby y se inclinó hacia ella rozándole los rizos tras la oreja.

–Muy buena elección la del local –murmuró al tiempo que disfrutaba al ver que ella se estremecía cuando su aliento le rozó el lóbulo de la oreja–. ¿Por qué no pides la comida para los dos? Me muero de hambre. Y después podemos bailar, antes de hablar de los daños del coche.

–¿Sabes bailar salsa?

–Espera y verás –dijo él mientras le acariciaba la nuca con el pulgar–. Creo que comprobarás que tengo talento para diversas cosas.

Ella volvió a estremecerse, y él tuvo que controlarse para no soltar una carcajada al observar la mezcla de irritación y excitación en sus ojos.

«Uno a cero», pensó.

¡Por Dios! El tipo no parecía estar a disgusto, sino todo lo contrario. Había adoptado una expresión de suficiencia. Y por si no bastara, el roce del pulgar en su nuca le producía deseos de ponerse a ronronear.

Se libró de él con un gesto de la cabeza e hizo una seña a Chantelle, la esposa de Sol, a la que pidió tapas variadas y una margarita para ella. Entonces intervino él y pidió una cerveza en un español fluido. Chantelle sostuvo una breve conversación con él de la que Ruby solo pudo entender una par de palabras. Chantelle se echó a reír y le susurró a Ruby:

–Es muy atractivo. Tal vez demasiado para que lo manejes.

Cuando Chantelle se marchó, Ruby miró a su acompañante.

Decididamente era muy atractivo. ¿Y qué? Podría manejarlo igualmente.

–¿Dónde has aprendido español? –tal vez una educada conversación la ayudara a calmar la excitación que sentía.

–Después de acabar Derecho, viví unos años en Barcelona.

–¿Eres abogado? –eso explicaría su amor a la ley.

–Sí.

Ella se lo imaginó ante un tribunal, hablando al jurado con la toga y la peluca blanca.

–¿Y tú te ganas la vida haciendo *cupcakes*?

–Así es –se puso en guardia esperando un comentario despectivo. La gente solía considerar que lo que hacía era frívolo e insignificante. Dada la seriedad de la profesión de Callum, se imaginó lo que pensaría de su pequeño negocio.

–Según *The Standard*, son los mejores del mundo.

–¿Has leído la crítica de Ed Moulder? –Ruby estaba orgullosa de ella, pero el tono de admiración de Callum la pilló desprevenida.

–Está enamorado de ellos, y es un hombre difícil de contentar.

–Mis *cupcakes* pueden resultar muy seductores –afirmó ella complacida.

–Me lo imagino –le tomó la mano y la giró. El ruido del local desapareció para Ruby, que solo oía los latidos de su corazón–. Pero lo importante es si saben tan bien como tú.

Ella observó, petrificada, cómo se llevaba la

mano a la boca y le mordía el pulgar. Una ola de excitación la invadió y se le endurecieron los pezones.

Se quedó sin aliento.

Sus palabras eran cursis, y por el gesto burlón de los labios de él supo que lo sabía.

La llegada de Chantelle con la comanda rompió el hechizo.

Ruby dio un sorbo de su margarita mientras su amiga se alejaba. El líquido le refrescó la garganta reseca. Carl se llevó la botella de cerveza a los labios y ella observó la poderosa garganta mientras tragaba. Comenzó a sentirse mareada.

Hacía meses que no se sentía tan excitada. Llevaba tiempo siendo demasiado precavida, pero al verlo beber, sus inhibiciones comenzaron a desaparecer.

¿Qué demonios? No iba a caer rendida a sus pies, pero no había mal alguno en pasar una noche divertida. Y, francamente, ante Callum Westmore se le hacía la boca agua de tal modo que sería una pena dejar pasar la oportunidad.

# Capítulo Tres

–Ruby ¿me estás llevando otra vez? Porque voy a tener que enseñarte quién manda aquí.

–Inténtalo –dijo ella bromeando y se agarró más a él mientras la hacía girar.

Él la sujetó por la cintura con tanta fuerza que ella percibió cada centímetro de su cuerpo.

Era un bailarín excepcional. No solo se sabía los pasos, sino que se movía con gracia natural y la llevaba con fuerza y seguridad.

Por desgracia, después de dos margaritas, alguna tapa y una hora de flirteo, a Ruby le resultaba imposible concentrarse en el baile en vez de en todas las partes de su cuerpo, que vibraban de deseo.

El deseo de sentir sus dedos en la piel, de lamerle la nuez de la garganta y de probar el aroma salado de su sudor la abrumaban.

Una voz en un rincón del cerebro comenzó a susurrarle que eso lo había planeado Callum, que había estado avivando su deseo toda la velada haciéndola sentir, con sus largas y penetrantes miradas, que era la única mujer que había en el bar, mirándole la boca cada vez que se pasaba la lengua por los labios.

Y al final coronaba su conquista apretándola

fuerte contra sí y guiándola en un baile sensual de promesa y provocación.

Pero cuanto más inhalaba su aroma, cuanto más sentía sus músculos bajo la camisa, cuanto más escuchaba su voz ronca, más silenciosa se volvía la vocecita de su cerebro. Hasta que lo único que oyó por todos los poros de su cuerpo sobrexcitado fue otra que le decía: «Lánzate, Ruby».

Nunca había tenido una aventura de una noche. ¿Por qué iba a compartir intimidades con alguien al que no conocía? Pero, de pronto, el anonimato de una noche de pasión la atrajo de forma irresistible.

Y si iba a tener una aventura de una noche, ¿con quién mejor que con aquel hombre tan sexy?

Cesó la música y Cal deslizó la mano hasta su cadera y colocó una pierna entre las suyas. Los ojos de ella se fijaron en sus labios.

Entonces, él la besó.

Fue un contacto eléctrico. Sus labios eran firmes y cálidos. La vibración que Ruby sentía entre los muslos estalló cuando él la besó con mayor profundidad. Ella abrió la boca aceptando que la invadiera con las intensas caricias de la lengua. Cuando él se separó, ella se había quedado sin aliento.

—Vámonos —dijo él con la voz ronca de deseo.

«Sí por favor».

Cal estaba a punto de explotar.

Le apretó la mano a Ruby mientras se disponían a salir del bar. Lo que al principio había sido una mera diversión, un flirteo, se había convertido en una torturante necesidad que lo iba a volver loco si no conseguía desnudar a Ruby enseguida.

Sacó la cartera de la chaqueta y dejó un puñado de billetes de veinte libras en la mesa.

—No es tan caro —dijo ella mientras volvía a agarrarla de la mano.

—¿Quieres esperar a que nos traigan el cambio?

Ella sonrió.

—Chantelle se va a poner muy contenta.

Él se echó a reír.

—Espero que no sea la única esta noche.

—¿Dónde vives? —preguntó él cuando llegaron al coche y le abrió la puerta.

—En Tufnell Park.

—Yo vivo más cerca —afirmó mientras arrancaba.

Él le agarró la cabeza y la atrajo hacia sí, incapaz de esperar más para volver a besarla.

La lengua de ella se enredó en la suya.

El bocinazo de un coche lo obligó a soltarla mientras toda la sangre de su cuerpo descendía y se concentraba en un órgano concreto.

—Entonces, vamos a mi casa.

Ella asintió.

Cal pisó el acelerador. El chirrido de las ruedas al salir el vehículo disparado en un cruce hizo que levantara el pie de la palanca.

«Contrólate. Solo es sexo. No es cuestión de vida o muerte».

Cuando llegaron a la calle de mansiones victorianas, había recuperado el ritmo normal de la respiración. Se colocó bien los pantalones al bajar para aliviar la presión. Ella desmontó y él extendió la mano, pero, en vez de agarrarla, ella se aferró al bolso con una expresión de incertidumbre en el rostro.

−¿Te pasa algo?

Ella carraspeó.

−Dos cosas. En primer lugar, no he traído protección. No me esperaba esto.

−Yo sí tengo −afirmo él muy aliviado−. ¿Cuál es la otra?

−Me parece un poco precipitado −dijo ella con voz temblorosa−. Y no me gusta la precipitación.

−¿Cómo dices?

Ella lanzó un bufido.

−Es evidente que existe una gran atracción entre nosotros.

−Estoy de acuerdo −afirmó él tratando de contener la irritación.

−Nunca he hecho esto.

Él seguía sin saber a qué se refería.

−¿Qué es «esto» exactamente? −si ella le dijera que era virgen, se enfadaría mucho consigo mismo porque su radar hubiera fallado tan estrepitosamente.

−«Esto» es tener una aventura de una noche. Normalmente suelo salir varias veces con un chico antes de pensar en acostarme con él.

Cal sintió alivio y algo más, pero decidió no analizarlo. Así que no se iba a la cama con el primero que le gustara. ¿Y qué? En cuestiones de sexo, el doble rasero no le parecía lógico. Si a un tipo le gustaba una mujer y obraba en consecuencia, que ella hiciera lo mismo no debiera ser motivo de reproche.

–Entonces, ¿qué quieres decirme? –le preguntó con el ferviente deseo de que se diera prisa en responderle.

–Lo que quiero decirte es… –afirmó ella apartando la vista de su rostro.

«Por fin», pensó él.

–No soy de esas mujeres que tienen orgasmos espontáneos –continuó ella a toda prisa mientras volvía a mirarlo con los labios apretados y las mejillas encendidas–. Por eso me gustaría que no te precipitaras.

Él hizo una mueca ante su tono desafiante.

Pensó que hablaba en serio y que los hombres con los que había salido debían de ser idiotas.

Trató de contener la risa. Tal vez era la frustración sexual extrema en que se hallaba lo que le producía risa o, más probablemente, verla haciendo mohines mientras establecía las normas de cómo hacerle el amor. El caso es que no pudo evitar la carcajada.

–¿Qué te hace tanta gracia? –preguntó ella exasperada.

Él la agarro de la muñeca y la atrajo hacia sí para abrazarla.

–¿Por qué no dejas que, a partir de ahora, sea yo el que se haga cargo de la situación? –continuó, riéndose mientras ella trataba de librarse del abrazo.

–¿Lo ves? Ese es el problema. No me conoces, pero supones que…

La hizo callar con un beso. Ella dejó de retorcerse. Y él se tomó las cosas con calma. Oyó que contenía la respiración al recorrerle los labios con la punta de la lengua; gozó de su gemido al morderle el labio superior. Entró en su boca con caricias lentas y firmes. Probó la deliciosa mezcla de limón y vainilla de su interior. Su erección aumentó dolorosamente mientras ella le acariciaba el pelo y su lengua se batía con la suya en una danza sensual.

Él le tomó la cara entre las manos y aproximó su frente a la de ella mientras escuchaba su respiración entrecortada.

–No voy a precipitarme –murmuró, ya sin rastro de humor–. Llevo todo el día queriendo acariciarte, así que pienso saborear cada segundo.

–Sí, pero no…

–Y no necesito que me des instrucciones –la interrumpió él sonriendo–. Creo que arruina la espontaneidad.

Ella se libró del abrazo, se puso en jarras y frunció el ceño.

–Debiera haberme imaginado que sería difícil…

–Basta de cháchara –él volvió a interrumpirla.

–¿Perdona?

Él le quitó el bolso de la mano.

–Devuélvemelo.

Sin hacer caso de sus protestas, le agarró la muñeca con la otra mano, se agachó y se la cargó al hombro.

–¿Qué haces? –gritó ella.

–Me gusta hablar como a cualquier otro –afirmó él mientras se dirigía a la puerta y marcaba el código de entrada–. De hecho me gano la vida haciéndolo –abrió la puerta de una patada–. Pero todo tiene límites.

–¡Bájame! ¡Esto es absurdo!

Cal encendió la luz con el codo.

–Y probablemente ilegal. Yo presentaría una demanda –subió las escaleras de dos en dos. La dejó en el suelo y sonrió al ver su expresión enfurecida y el color de sus mejillas–. Pero ningún juez me condenaría.

–Lo haría si fuera una mujer.

–¿Qué te apuestas? –se metió al mano en el bolsillo, sacó la llave y abrió la puerta. La agarró de la mano y tiró de ella hacia dentro.

–¿Te han dicho alguna vez que eres notablemente arrogante? –le preguntó ella mientras él la acorralaba contra la pared.

–Sí, me lo has dicho tú. Y más de una vez –comenzó a besarla en el cuello.

Sintió la agitada respiración de ella en la mejilla y el gemido que anunciaba la rendición. Alzó la cabeza, le acarició la elegante línea del cuello hasta llegar a las clavículas y después deslizó las manos por sus curvas.

Ella se puso a temblar mientras sus pulgares le trazaban círculos en los pezones endurecidos.

–Y eres notablemente mandona –murmuró él mientras colocaba las manos en sus caderas.

Ruby abrió mucho los ojos cuando él empujó su cuerpo con fuerza contra él de ella.

—Estamos empatados —añadió él.

La tomó de la mano y la condujo por el pasillo hasta el dormitorio.

Los tacones de ella repiqueteaban en el parqué mientras lo seguía. Por primera vez no le respondió, lo que hizo que él se sintiera invencible.

A Ruby no la habían tratado tan mal en su vida, pero, por desgracia, tampoco la habían excitado tanto.

El comportamiento dominante de él no le resultaba romántico porque no lo era. Sin embargo, había algo claramente excitante en un tipo que la subía al hombro dos tramos de escalones.

Mientras la arrastraba hacia dentro del dormitorio, ella se fijó en la puerta corredera que daba al balcón, pero no tuvo tiempo de fijarse en nada más, ya que él comenzó a desabrocharle la blusa.

Ella se la apretó contra el pecho.

—¡Un momento!

Sin hacerle caso, él le puso la mano en el hombro y la empujó con suavidad. Ella cayó sobre la cama. Se sentó inmediatamente y, al hacerlo, la blusa se le abrió mostrando el sujetador de encaje rojo.

—¡Te he dicho que no me gustan las prisas!

Él puso una rodilla en la cama y la agarró por el tobillo.

—¿Quién se está apresurando? —murmuró él.

Le quitó el zapato y lo lanzó por encima de su hombro. Comenzó a acariciarle el empeine. Ella gimió y se arqueó al notar el calor que le subía por la pantorrilla y le hacía temblar los músculos de los muslos. La masajeó durante un rato y luego hizo lo mismo con el otro pie.

Se llevó el pie a los labios y a ella se le puso el corazón en la boca mientra la miraba con sus ojos de color esmeralda y la mordía.

Ella ahogó un grito, sorprendida al darse cuenta de que estaba descubriéndole zonas erógenas cuya existencia desconocía. Sus manos ya le subían por las piernas acariciándoselas y besándoselas suavemente. Él le agarró el elástico de las braguitas.

Ella elevó las nalgas para que se las bajara. Después le subió la falda y se la enrolló en la cintura.

Ruby, horrorizada y excitada, supo que estaba totalmente expuesta ante él.

–¿Qué haces? –preguntó sin aliento.

Cal alzó la cabeza.

–Saborearte.

–No puedes… No…

Sus protestas cesaron al sentir la lengua de él en la parte interna del muslo. Soltó un gemido gutural que ni siquiera reconoció como suyo. Dejó caer la cabeza en la almohada y se rindió a la deliciosa tortura de su boca.

–Así me gusta –dijo él riéndose satisfecho.

Ella no fue capaz de protestar. La lengua masculina trazaba lentos círculos y tardaba una eternidad en acercarse al centro del éxtasis.

La agarró por las caderas y la mantuvo abierta para él mientras el cuerpo de ella temblaba bajo sus labios, su lengua, sus dientes…

–Por favor… –rogó ella desesperada, sin importarle nada salvo que no se detuviera.

Por fin, él puso los labios en el hinchado botón. El placer de ella aumentó a toda velocidad y se tensó para alcanzar aquella gloriosa inconsciencia, tan cercana ya, pero aún fuera de su alcance.

–¿Puedes…? –se calló cuando un dedo la penetró mientras la boca de él seguía degustando su hinchado clítoris.

El dedo se estiró en su interior y giró hasta que ella explotó.

Ruby gritó arqueando el cuerpo mientras las oleadas del orgasmo la reducían a millones de trocitos brillantes.


–Así que gritas.

Ruby parpadeó cuando él puso el codo al lado de su cabeza y la miró.

–Bueno es saberlo –añadió él con aires de superioridad.

Ella estaba todavía tan aturdida que no pudo emitir ni un sonido.

¿Qué le había hecho?

Nunca había experimentado un orgasmo tan intenso. Y nunca había gritado.

–Me gusta mostrarme agradecida –murmuró.

–Me lo apunto –bromeó él besándole la nariz.

La miró de arriba abajo y ella tuvo ganas de taparse. ¿Podía hallarse aún más expuesta que en aquel momento? Se hallaba tumbada en la cama de él, media desnuda, después de haber experimentado el mayor orgasmo de su vida. Y no había tenido que darle instrucciones. Además, estaba segura de que le había rogado.

Cal le metió el dedo por el encaje del sujetador y a ella se le endurecieron los pezones. La miró a la cara mientras murmuraba:

–Vamos a desnudarte.

Le desabrochó el sujetador con una mano y se lo quito mientras le sonreía seductoramente.

–Eres preciosa –susurró, poniéndole las manos en los senos y lamiéndole la punta.

Ella le introdujo los dedos en el cabello, sorprendida de volver a sentirse excitada.

–Quiero que tú también estés desnudo –gimió.

Él levantó la cabeza y sonrió.

–Eso son instrucciones.

Se sentó, se quitó la camisa por la cabeza con evidente prisa. Ruby se despojó del vestido mientras él hacía lo propio con el cinturón.

Cal volvió a arrodillarse a su lado y ella se lo comió con los ojos. Aún era más guapo desnudo. Por su musculatura, era evidente que hacía gimnasia. Deslizó la mirada por los pectorales y el estómago, pero de pronto se detuvo mientras comenzaban a arderle las mejillas.

¡Por Dios!

La enorme erección destacaba orgullosa desde

la mata de vello de la entrepierna. Vio que se ponía un preservativo. Estaba empezando a conocer el talento de Callum Westmore, pero no se había imaginado que tuviera tanto.

–¡Vaya! –dijo sin pensar.

Él se echó a reír, satisfecho y divertido, y ella se percató de que le había dado ventaja. Otra vez.

Sujetándola por la cintura, la colocó debajo de él.

–Me alegro de que te guste.

Ella le puso las manos en el pecho y sintió que le temblaban los músculos como a un semental a punto de aparearse.

–No hace falta que digas tonterías –se burló ella–. ¿No sabes que el tamaño no importa?

Él le apartó el pelo de la cara riéndose y le mordió el lóbulo de la oreja.

–Por suerte para los dos, sé lo que me hago –murmuró él.

Ella soltó una risita, sin poderlo evitar, mientras le temblaba el abdomen previendo lo que sucedería. Le puso las manos en la nuca.

–Hablar es fácil –se burló ella mientras lo atraía hacia sí–. ¿Dónde están las pruebas?

No hizo falta que se lo preguntara dos veces.

Ella jadeó y sollozó cuando él la embistió. Enlazó las piernas en torno a su cintura y se agarró a sus hombros sudorosos mientras se movía a su ritmo. Una ola de calor le recorrió el cuerpo desde la punta de los pies y la inundaron intensas oleadas de placer.

De pronto, él le puso la mano en el estómago y descendió hasta el clítoris.

–No, espera –gritó ella. Pero ya era tarde.

Con dedos expertos, él le provocó el grito salvaje de la liberación mediante otro increíble orgasmo que la golpeó con la fuerza de un puño.

Apenas pudo oír el áspero grito de él cuando le sucedió lo mismo unos minutos después.

Cal se apoyó en los brazos, no muy firmes, y salió de ella gimiendo. Se tumbó de espaldas dando gracias por no haberse derrumbado sobre ella.

Había sido increíble. Masculló una maldición. Más que increíble, alucinante.

Se giró para mirar a Ruby. Lo contemplaba con la mirada perdida, como si hubiera sobrevivido a una guerra.

Cal era un entusiasta del sexo espectacular, pero aquello había sido demasiado. Nunca había experimentado nada igual. Y no le gustaban las sorpresas, ya que solían ser muy difíciles de controlar.

Ella lanzó un leve resoplido y le dedicó una sonrisa insegura.

–Creo que me lo has demostrado.

–¿El qué? –preguntó él.

–Que sabes lo que haces.

Él soltó una carcajada. La tensión se esfumó con el cumplido.

–Gracias. Mi intención es agradar.

Dejó de sentirse inquieto. ¿Qué problema había? En efecto, el orgasmo había sido intenso, pero era de esperar por lo excitado que estaba y por lo bien que ella había respondido. Además, cuando ella le había dicho que tenía que instruir a los hombres en el arte del orgasmo femenino, se le había despertado el instinto competitivo.

Extendió el brazo y le colocó un rizo detrás de la oreja. Ella se apartó instintivamente.

–Debo irme a casa –dijo ella.

–¿Por qué? –le puso la mano en el cuello y le acarició la barbilla con el pulgar–. Acabamos de empezar.

–¡Venga, hombre! No irás a decirme que puedes repetir tan pronto.

–Me parece que me estás desafiando –su mano se deslizó hasta sus nalgas–. Y te prevengo que siempre respondo a un desafío.

Ella se echó a reír con incredulidad.

Se quedó asombrado de su propia reacción. No había tenido semejante capacidad de recuperación desde la adolescencia.

«Adelante», se dijo. «Va a ser una noche memorable».

Ella enarcó las cejas al mirar hacia abajo y contemplar la erección.

–Vamos a matarnos –observó ella sonriendo mientras le tocaba con la punta del dedo.

–Posiblemente –gimió él.

Ella soltó una risa ronca mientras le acariciaba por entero con el dedo.

–Pero no se me ocurre otra forma mejor de morir –afirmó él mientras su carne palpitaba en la mano de ella.

# Capítulo Cuatro

Ruby abrió los ojos y los cerró bruscamente porque la luz del sol le hacía daño.

Lo intentó de nuevo lentamente y descubrió un enorme dormitorio que no conocía. La puerta de la terraza estaba abierta y una corriente de aire le puso la piel de gallina.

Vio que su vestido estaba en una silla. Un zapato se hallaba al lado, en el suelo, y el sujetador colgaba de una yuca. Lanzó un gemido y recordó con todo detalle la noche libertina que acababa de pasar.

Hizo una mueca al notar que le dolían todas las partes íntimas de su cuerpo. El murmullo de una profunda respiración le hizo volver la cabeza y examinar el rostro del hombre que estaba a su lado.

Tenía la piel morena y barba de un día. Sus rasgos eran increíblemente bellos: cejas espesas, pómulos altos y labios sensuales que la habían llevado al éxtasis innumerables veces.

Callum Westmore, alias el Supersemental.

No era de extrañar que estuviera en coma. Se habían pasado toda la noche haciendo lo mismo. Y no solo la noche, ya que la última vez, antes de caer exhaustos, había sido al alba.

Se movió para poder sentarse y librarse del muslo que le tenía sujetas las piernas a la cama. El edredón cayó a un lado y la vista del cuerpo masculino la sobresaltó.

Apretó los dientes. ¡Por Dios! ¿No tenía bastante con lo que le dolía todo?

Se levantó, recogió la ropa y, andando de puntillas, fue en busca del cuarto de baño. La necesidad de orinar era casi tan urgente como la de alejarse de Callum antes de que hiciera una tontería, como despertarlo y pedirle que repitieran la actuación.

El cuarto de baño era de diseño muy moderno. Después de satisfacer su urgente necesidad, buscó hasta encontrar un albornoz blanco muy bien doblado.

Ruby suspiró de placer al ponerse uno, pero lanzó un silbido al atárselo, cuando el suave tejido le raspó la piel del pecho.

Se lo abrió y ahogó un grito cuando vio lo enrojecida que tenía la piel. Se sonrojó al recordar la atención que Cal le había dedicado a sus senos y pezones toda la noche.

Se vio en el espejo y se llevó una mano a la boca para no gritar: parecía el monstruo del lago Ness.

Tenía las mejillas enrojecidas, el pelo totalmente revuelto y el poco maquillaje que le quedaba se le había corrido bajo los ojos.

Agarró varios artículos de perfumería que había en una cesta y se metió a toda prisa en la ducha.

Tenía que reparar los daños que pudiera y salir de allí corriendo antes de que el caudillo escocés se despertara y su humillación fuera completa.

Además de estar hecha un adefesio, no conocía a aquel hombre. Y lo poco que sabía de él la inquietaba.

No sabía qué se le había metido en la cabeza la noche anterior... aparte de la enorme erección de Cal.

Ningún otro hombre la había seducido con tanta facilidad y eficiencia. Y ningún otro había logrado que viera el paraíso.

Mientras estaban en la cama no había podido poner las cosas en perspectiva. Pero en aquel momento, a la luz del día, se dio cuenta de que, a pesar de sus planes, apenas había protestado la noche anterior.

Y aún peor que su falta de contención era hacia dónde se había inclinado la balanza del poder.

Desde el momento en que Cal le había pedido que fueran a cenar, había sido él quien había controlado la situación. Y a pesar de que el resultado había sido de un erotismo alucinante, le molestaba mucho su capacidad de controlarla con tanta facilidad.

Ruby era de naturaleza apasionada, heredada de su madre, pero se enorgullecía de no dejar que la dominara. Haberse doblegado a la voluntad de Callum le parecía una traición a sí misma, por pequeña que fuera.

Se estremeció cuando le cayó el agua fría de la ducha sobre la piel.

Se dio cuenta de que era vulnerable ante Callum Westmore, hasta el punto de poder volverse adicta a él. Lo más sensato era alejarse. Con una vez había tenido suficiente.

Frunció el ceño. Bueno, con cinco veces. ¿O habían sido seis?

Se lavó la cabeza mientras el agua, ya caliente, comenzaba a aliviarle los doloridos músculos.

El número de veces que lo hubieran hecho era irrelevante. Lo importante era que se había percatado del peligro. Callum había descubierto su punto flaco y, para evitar que lo aprovechara, debía alejarse de él.

Diez minutos después, salió de la ducha y buscó el albornoz.

–Deberías haberme despertado. Te hubiera enjabonado la espalda.

Esa vez, Ruby no pudo evitar gritar mientras se tapaba el pecho con el albornoz.

–¿Qué haces aquí? –se puso la prenda a toda prisa y se la ató para cubrir su desnudez, excitada contra su voluntad al verlo mirándola tan tranquilo.

Con unos pantalones de chándal, el pecho desnudo, el pelo de punta y una sonrisa en los labios, estaba increíblemente sexy.

Ella, por el contrario, sin maquillar, en albornoz y con el pelo mojado y enredado cayéndole por la espalda, debía de tener el mismo atractivo que un calamar. Claro que no quería atraerlo, ya que iría en contra de la decisión de no volver a acostarse con él. Pero estaba en desventaja, y no le gustaba.

–¿Por qué te sonrojas? Anoche no me pareció que fueras tímida.

–No lo soy, pero me gusta tener un poco de intimidad cuando me ducho.

–Es una pena –Cal salvó la distancia que los separaba y le puso la mano en el cuello. Una oleada de calor se deslizó por el cuerpo de Ruby–. Mi habilidad para enjabonar la espalda es legendaria.

Ella se echó a un lado para librarse de su mano.

–Tendré que probarla en otro momento.

Él la agarró de la muñeca.

–Quédate un poco más.

Ella no hizo caso de los latidos de su corazón ante aquella inesperada invitación y retiró el brazo.

–No.

–¿Por qué no? Anoche lo pasamos muy bien.

Ruby no quiso responder. Decirle que le resultaba irresistible sería como agitar un trapo rojo frente a un toro, un toro insistente y muy atractivo que ya había conseguido que le temblaran los muslos simplemente con tocarla. Así que decidió emplear una excusa.

–Sí, muy bien.

Él inclinó la cabeza y le dirigió una sonrisa burlona.

–Entonces, no te entiendo.

–Verás, ha sido demasiado para mí, físicamente hablando.

Él volvió a tomarla de la muñeca.

–Entiendo –tiró de ella hacia sí y le rodeó las caderas con el brazo. Ruby, sorprendida, sintió renacer en ella el deseo y trató de soltarse.

–Creo que no –le puso las manos en el pecho–. Tengo la piel irritada por tu barba.

Él se echó a reír.

–Lo siento, Ruby –murmuró sin parecer que lo sintiera en absoluto–. Tienes la piel delicada –le acarició la mejilla con ternura–. Tengo una crema que te ayudará. ¿Quieres que te la dé en las partes afectadas?

Ella lo empujó, molesta por sentirse tentada.

–No me parece buena idea teniendo en cuenta cuáles son.

–Probablemente no lo es –dijo él entre risas.

Ruby estaba adorable. El sonrojo y el aroma fresco del champú en su pelo le produjeron un nudo en el estómago. Tenía la piel radiante.

Cal pensó que lo cautivaba más en ese momento que la noche anterior. Y no solo por su belleza.

Había estado diez minutos en la cama oyendo la ducha e imaginado todo lo que le gustaría hacerle ese día. Tendrían que esperar.

El hecho de haberse mostrado tan exigente lo inquietaba un poco, ya que normalmente no era tan insaciable. Ella había mostrado el mismo entusiasmo, pero él debiera haber tenido más cuidado, lo cual no implicaba que debieran separarse inmediatamente.

–Espera un momento –Cal abrió un armarito, buscó la pomada y se la tendió–. Sirve para arañazos y magulladuras, así que debería ser buena para la irritación.

Ella agarró el tubo y leyó la etiqueta.

–¿Árnica? Nunca se me hubiera ocurrido que utilizaras este tipo de remedios.

–No los utilizo. Me la ha mandado mi hermana en uno de los muchos paquetes que me envía con cosas para que me cuide –se cruzó de brazos y la contempló de arriba abajo. ¿Era su imaginación o ella estaba tan cautivada como él?–. Maddy se preocupa por mí y por mi solitaria vida de soltero.

–¿Solitaria? –Ruby rio–. Me parece que tu hermana no te conoce bien.

Él sonrió.

–Ya me encargo yo de que no lo haga.

Agarró su ropa e indicó la puerta con un gesto de la cabeza.

–Tengo que irme. Gracias por la noche. A pesar de la irritación, me lo he pasado bien.

Él permaneció inmóvil mientra Ruby se dirigía a la puerta. Debía dejar que se fuera. Pero cuando ella agarró el picaporte, supo que no iba a hacerlo.

Poseía una inteligencia que le había permitido acabar Derecho dos años antes de lo habitual y había sido nombrado Queen's Counsel a los treinta y cuatro años. Era la persona más joven en la historia del Derecho inglés que había conseguido el puesto. Por todo ello, no le sorprendía casi nada ni casi nadie. Sobre todo, las mujeres.

Así que lo inesperado le despertaba la curiosidad.

Y tenía un fin de semana libre. Entonces, ¿por qué no dedicarlo a satisfacer su curiosidad sobre Ruby?

–¿Por qué tienes tanta prisa? ¿Te da miedo no poder resistirte a mis encantos?

Ella se giró bruscamente.

–Tienes un ego inmenso, ¿verdad? –parecía molesta.

–Eso me han dicho –se acercó a ella sin dar muestras de sentirse insultado–. Si no te doy miedo, ¿qué problema hay en que pasemos el día juntos?

La estaba desafiando, pura y simplemente, dirigiéndose a uno de sus puntos flacos: la independencia de la que tan orgulloso se mostraba.

Ella entrecerró los ojos.

–Eres muy listo –le dio una palmada en el hombro–. ¿Cómo voy a negarme sin parecer una cobarde?

Él rio al ver que la táctica había funcionado.

–Entonces, ¿eres cobarde o no?

Ella no contestó, sino que adoptó una expresión compungida.

–Lo tomaré como un sí –afirmó él sonriendo.

–Muy bien, tú ganas. Pero antes tendrás que llevarme a casa. No voy a ir a ningún sitio sin maquillarme y ponerme ropa limpia.

–Trato hecho –dijo él mientras le levantaba la barbilla y le acariciaba el labio inferior con el pulgar–. Aunque si por mí fuera, preferiría verte sin ninguna de las dos cosas.

El beso iba a ser rápido y superficial. Pero él lo prolongó esperando que ella se lo devolviera. Cuando se separaron, ambos jadeaban.

Ella retrocedió hacia la puerta y agarró el picaporte.

–Estaría encantada de complacerte –le espetó–. Pero ya te has salido con la tuya muchas veces.

Salió sin decir nada más y cerró la puerta.

Él se echó a reír y, a continuación, miró hacia abajo.

Iba a necesitar una ducha fría antes de llevar a Ruby a casa. Se puso a silbar mientras se quitaba los pantalones pensando dónde la llevaría. Esa vez elegiría él y quería hacerlo bien.

De pronto dejó de silbar. ¿Cuándo había sido la última vez que lo había hecho ante la perspectiva de una cita? ¿Y cuándo la última vez que había estado deseando estar con una mujer después de haber pasado la noche juntos, en vez de deseando que se fuera para quedarse solo?

Se metió en la ducha y el agua helada cayó sobre él.

Ruby lo fascinaba porque no se parecía a ninguna de las mujeres con las que había salido. Pasar el día juntos era acertado, ya que acabaría con esa fascinación. Al fin y al cabo, ella no podía ser tan inteligente ni tan excitante como parecía. Lo que lo había excitado hasta la locura era una mezcla de audacia, ingenio, un rostro y un cuerpo hermosos y una vena traviesa. Al final del día podrían apagar el resto del deseo, y su breve y agradable aventura habría terminado.

Volvió a silbar mientras agarraba el jabón. Tenía ante sí un hermoso día de verano lleno de placeres culpables.

Pero él no iba a sentirse ni por asomo culpable de ninguno de ellos.

# Capítulo Cinco

–Me encanta este sitio porque es elegante pero no estirado –Ruby suspiró mientras daba un largo trago a un zumo helado. Se quitó las sandalias y se sentó sobre las pantorrillas. Debía de haber andado unos ocho kilómetros esa mañana, pero no estaba cansada. Callum había demostrado ser tan divertido en la cama como fuera de ella.

Esperaba que la llevara a comer a un sitio pretencioso, y se había vestido con un vestido veraniego de lo más normal, para demostrarle que no tenía nada que demostrar. Pero la había sorprendido llevándola a un café al aire libre, situado en las antiguas cocinas de Kenwood House.

La casa era una mansión georgiana restaurada. En el parque que la rodeaba, que se extendía hasta el lago, se jugaba al fútbol, y las familias y las parejas de novios iban a comer o a merendar en las tardes veraniegas.

–Y está lleno de gente –afirmó Cal llenándole la copa de vino a Ruby–. Los sábados suelo estar muy ocupado para venir. Me había olvidado de cuánta gente viene los fines de semana.

Ella le sonrió.

–¿Ocupado en qué?

Cal tenía un aspecto delicioso con unos vaqueros descoloridos y una camiseta. La mañana había estado llena de sorpresas y ella se sentía libre de preocupaciones y un poco temeraria.

Se había preguntado varias veces aquella mañana, mientras él la llevaba a casa, si no se habría vuelto loca por consentir en pasar el día con él.

Era un hombre peligroso, que influía en ella de forma impredecible, por lo que debería tener más cuidado que la noche anterior. Pero a medida que transcurría el día se sentía más contenta de que estuvieran juntos, aunque fuera a ser fugazmente.

Llevaba casi seis meses sin librar un fin de semana, debido a la presión laboral de la nueva empresa y al curso de contabilidad que estaba realizando. Bella y ella habían decidido librar ese largo fin de semana de agosto para compensar.

Pasar ese valioso tiempo libre con un hombre excepcionalmente inteligente, sexy y estimulante aumentaba el lujo que suponía. Y a ella le gustaba tener en la vida un poco de lujo.

Además, a medida que el día avanzaba, comenzó a preguntarse a qué se había debido el ataque de pánico que había sufrido por la mañana.

Era evidente que Cal había tomando el mando la noche anterior y que era de esa clase de personas. Pero ella había descubierto que, si se mantenía firme, podía estar a su altura. De todos modos, no se trataba de una guerra, ni siquiera de una verdadera relación, sino de una aventura pasajera.

¿Por qué complicar algo que no lo era?

Mientras paseaban por el parque, la conversación había fluido con facilidad. Sin hablar de temas personales, habían cubierto otros muchos, como las iniquidades del sistema judicial británico o la receta de un *cupcake* perfecto. Callum era un conversador entusiasta que sabía expresar muy bien sus ideas y poseía una mente lógica y brillante. A diferencia de ella, que tendía a divagar.

A pesar de ello, él no se había mostrado condescendiente con Ruby, lo cual había supuesto para ella la mayor sorpresa de todas.

Cal le había dicho que había sido un excelente estudiante y que había sacado la carrera con facilidad. Ella, por el contrario, se había rebelado desde muy joven contra las restricciones del aula.

Aunque se sentía orgullosa de lo que había conseguido después de dejar la escuela a los dieciséis años, pues había pasado tres años yendo a clases nocturnas y trabajando el en restaurante italiano de sus padres, estaba un poco acomplejada por su falta de cualificaciones académicas. Y a pesar de que Callum poseía el intelecto y la cualificación, no había rechazado sus puntos de vista por considerarlos inferiores a los suyos. No era un esnob intelectual.

Otra cosa que había descubierto con gran asombro era que a Cal le gustaba ir agarrado de su mano. Se la había tomado en cuanto comenzaron a caminar y prácticamente no se la había vuelto a soltar.

El roce de su palma y de sus dedos largos y fuertes la excitaba.

Tomó el menú de la mesa y se abanicó con él.

Una cosa era segura: la decisión que apresuradamente había tomado aquella mañana de no volver a tener relaciones sexuales con él se había convertido en un anacronismo.

Había optado por otro plan, a medida que aumentaba su excitación. Era muy sencillo: antes de separarse para siempre, sería ella la que lo seduciría para restablecer el equilibrio de poder entre ambos.

El problema era que llevaba media hora flirteando con él, desde que se habían sentado a comer, y Cal aún no había mordido el anzuelo.

—¿Es una pregunta personal? —el tono ronco de la voz masculina le alteró el pulso—. ¿Es la forma encubierta de decirme que te ha desaparecido la irritación de la piel? —añadió él mientras entrelazaba los dedos con los suyos.

Ella se los llevó a los labios y le lamió los nudillos. Notó que él se estremecía, y sonrió.

—Yo no la llamaría encubierta, Callum.

Él reprimió una carcajada, se puso de pie y tiró de ella para levantarla.

—Eres una niña muy mala, Ruby —le puso la mano en la cadera y la atrajo hacia sí—. Espero que te des cuenta de que estás jugando con fuego.

A ella se le aceleró el pulso. Le puso la mano que tenia libre en la nuca y le acarició el pelo.

—Me encanta jugar con fuego —le acarició la mejilla con el pulgar—. Es excitante domarlo.

—¿Domarlo? Supongo que te habrás dado cuenta de que a mí nadie me doma, Ruby.

La advertencia era inequívoca. Ella se ruborizó.

–Me parece muy bien, Cal, porque a mí tampoco –afirmó ella–. Creí que lo sabías. Simplemente te utilizo para tener sexo.

Por muy bien que se lo hubieran pasado, Cal era el último hombre con el que desearía tener una relación. Era demasiado… todo: inteligente, encantador, controlado… No tenía un punto flaco, lo cual lo hacía perfecto para flirtear, pero no para arriesgarse a enamorarse.

Él sonrió.

–¿Que me estás utilizando? –giró la cabeza para morderle el pulgar–. A ver si lo intentas.

Ella le devolvió la sonrisa.

–Me parece que me estás desafiando –murmuró sintiendo una oleada de deseo.

Lo agarró de los hombros y se puso de puntillas para llegarle a los labios.

–Y te advierto que yo siempre respondo a los desafíos –le pasó la lengua por los labios y la retiró.

Él gimió, la atrajo hacia sí y la besó.

–Te sugiero que nos vayamos de aquí antes de que consigas que nos arresten,

Ella soltó una risita.

–Eres un aguafiestas –se inclinó para recoger las sandalias y se dirigieron a la salida. Notó las miradas envidiosas de un grupo de chicas jóvenes sentadas a la entrada del café.

¿Había algo más excitante que humillar a un hombre fuerte?

Ese fin de semana lo dedicaría a los placeres del sexo. Nada más.

***

El sonido del teléfono interrumpió el largo suspiro de Ruby mientras se estiraba. Cada poro de su cuerpo le hacía cosquillas después de haber hecho el amor.

–No le hagas caso –Cal le acarició las nalgas–. El contestador saltará enseguida.

Ella se sentó, se inclinó hacia él y sonrió. Con los ojos cerrados, las mejillas sonrojadas y despeinado, parecía satisfecho.

Ruby había conseguido poner de rodillas al caudillo escocés. Y no solo en sentido metafórico.

Habían tomado un taxi para volver a casa de Cal. Al llegar se habían abalanzado el uno sobre el otro. Pero en vez de dejar que fuera él quien dictara los movimientos, ella se había sorprendido a sí misma ante el deseo de acariciarlo y lamerlo por todas partes hasta hacerlo suplicar.

Y aunque no había llegado a suplicarle, había estado cerca.

–¿Qué te pasa, Cal? –le preguntó ella con dulzura mientras le apartaba el pelo sudado de la frente–. ¿Estás tan cansado que no vas a contestar?

Él abrió los ojos, esbozó una sonrisa y, mientras el teléfono seguía sonando, la agarró por la cintura y se puso encima de ella.

–Yo en tu lugar no me pondría tan chula.

–¿Por qué no? He hecho que me suplicases.

Era una exageración, pero quería aprovecharse

de su ventaja. Había demostrado que la conexión que había entre ambos era puramente sexual, y todo volvía a estar bajo control.

–Eres buena –afirmó el con una risa–. Pero no tanto –le agarró la cara y la besó en la oreja–. Si me das un par de minutos te lo demostraré.

–¡Un par de minutos! Vamos, necesitas mucho más tiempo.

–No estés tan segura.

Conociéndolo, lo más probable era que hablara en serio.

Oyó su voz procedente del contestador del salón que pedía a quien llamaba que dejara el mensaje.

–Por fin –continuó él–. A ver, ¿dónde estábamos?

Ruby se estremeció. Estaba dispuesta a que él hiciera todo el trabajo esa vez. Se oyó una voz femenina que parecía preocupada

–¿Dónde estás Cal? Dijiste que vendrías al cumpleaños de Mia este fin de semana. Llevo más de una hora esperándote. ¿Está bien? ¿Ha ocurrido algo?

La voz continuó en la misma tónica y Cal lanzó una maldición.

–Espera un momento. Vuelvo ahora mismo.

Se levantó, se puso los vaqueros y salió de la habitación.

Ruby se incorporó. Se le habían quitado las ganas de jugar. La mujer parecía preocupada. Además, había visto una expresión culpable en el rostro de Cal.

Saltó de la cama, agarró el albornoz caído en el suelo y siguió a Cal por el pasillo. Se quedó sin aliento al pensar que quien llamaba pudiera ser su novia. ¿Por qué no le había preguntado si salía con alguien? ¿Y quién demonios era Mia?

Se detuvo en el umbral del gran comedor. Cal le daba la espalda y respondía a la llamada.

—Cálmate, Maddy, estoy aquí —dijo con impaciencia.

Maddy, la hermana. Cal le había hablado de ella por la mañana. A pesar de ello, Ruby no se sintió aliviada.

—Me he olvidado de la fiesta —prosiguió él. Parecía molesto—. No es el fin del mundo. Mia tienes tres años por lo que no notará si estoy o no.

Ruby retrocedió. Tenía que volver al dormitorio antes de que él la pillara espiándolo, pero el sonido irritado de la voz de Cal hizo que se detuviera.

El recuerdo, largo tiempo olvidado, de su propio dolor y humillación afloró mientras lo oía razonar con frialdad con su hermana.

—Ya es tarde —afirmó él.

Le pareció un desconocido, en nada similar al hombre relajado y carismático que había creído que era.

—Estoy hasta arriba de trabajo. No puedo ir este fin de semana.

Ruby volvió a retroceder. Eso era mentira. Se sintió culpable, porque no estaba ocupado trabajando, sino con ella.

Regresó sigilosamente a la habitación. Callum la

había decepcionado, aunque también se sentía decepcionada consigo misma.

No solo se había equivocado con respecto a él, sino también con respecto a la situación a la que alegremente se había lanzado.

El sexo siempre traía complicaciones, incluso aunque fuera el de un fin de semana loco.

–Mira, Maddy, lo pensaré, ¿de acuerdo?

–Ven, Cal, por favor. Hace diez meses que no te vemos. Te esperaremos para cenar.

–Te volveré a llamar para decírtelo –colgó con brusquedad y se masajeó los músculos tensos del cuello. Tenía ganas de dar un puñetazo a la pared. ¿Por qué su hermana le hacía siempre lo mismo? Conseguía que cediera, cuando ambos sabían que no les haría ningún bien.

Se sentó en el borde del sofá, cruzó los pies, agachó la cabeza y se metió las manos en los bolsillos.

Dejó que le invadiera el sentimiento que siempre le producía hablar con su hermana y maldijo en voz baja.

Maddy y él eran distintos. Le pedían cosas diferentes a la vida, cosa que ella no entendía. Entonces, ¿por qué se sentía culpable por no haber ido a verla? Estaba incómodo cuando iba de visita y veía cómo se miraban su marido, Rye, y ella y cómo adoraban a su hija, Mia, lo cual carecía de sentido para él.

Alzó la cabeza y suspiró.

«No te pongas así», se dijo. «El único culpable de esto eres tú».

Había sido un estúpido al olvidar el cumpleaños de Mia, y aún más al olvidarse de llamar a Maddy con una excusa adecuada.

La imagen de Ruby tumbada en la cama hizo que desapareciera parte de la culpa y la tensión, pero no el enfado.

Nunca le gustaba ir a ver a Maddy, pero aquel día tenía otros planes.

Y se veía obligado a elegir entre lo que deseaba hacer y lo que se sentía obligado a hacer, lo cual implicaba un viaje de seis horas en coche a Cornualles para pasar el fin de semana mientras su hermana le daba todo tipo de consejos que él no quería escuchar.

–¡Maldita sea! –exclamó.

Quería a su hermana, y por muchos recelos que le inspirara la nueva Maddy, tremendamente feliz, y por mucho que detestara que lo obligaran a hacer algo que no quería, no era inmune al tono de súplica de su voz.

Recorrió el pasillo mientras se percataba de que había otro problema.

Si iba a Cornualles, ¿qué hacía con Ruby?

Captó su olor al pasar por el cuarto de baño, que estaba abierto, y el recuerdo de sus labios en su carne erecta le aceleró el pulso. La seguía deseando. Y no solo en la cama. Aquel día, en el parque, lo había cautivado. Era inteligente, hermosa y franca, y su agilidad mental lo desafiaba a cada paso. Y lo mejor era que estaba de acuerdo con él en no buscar nada más que buen sexo y buena compañía.

Seguía sin ser su tipo. Y dudaba que ella aceptara ser su pareja sexual por mucho tiempo. Antes o después empezaría a tener expectativas. Pero eso no implicaba que quisiera que se marchara, sobre todo cuando ella seguía dispuesta a jugar.

Miró el reloj de pared. Eran las dos. Si decidía marcharse, le quedaba una hora para salir. La pregunta era si le daría tiempo a convencer a Ruby de que se vieran otra noche cuando volviera. Sonrió. Con ella desnuda en la cama, y dadas sus dotes de persuasión, tenía todas las de ganar.

Abrió la puerta del dormitorio y se detuvo en seco. ¿Qué hacía levantada, casi vestida, con el pelo mojado?

Al verlo, ella se agarró el pelo y se lo echó sobre el hombro.

–¿Me subes la cremallera?

–Estás vestida. Y te has duchado –sabía que estaba diciendo lo que era evidente, pero... ¿Qué demonios sucedía?

–Tengo que marcharme –afirmó con frialdad.

–¿Y eso? –preguntó él. Le desagradaba sentirse confuso.

Ella se puso las sandalias.

–Ya ves. ¿Me la subes, por favor?

Él no se movió.

–¿Hay algún problema? Porque, si lo hay, me gustaría saber cuál es.

–El problema es que tengo que marcharme y no puedo hacerlo con el vestido desabrochado. Así que, ¿te importa subirme la cremallera?

60

Se le acercó y la giró para verla la cara.

–Pues sí, me importa. Estás enfadada y quiero saber por qué.

¿Le había molestado que fuera a contestar la llamada de su hermana? Sería una reacción mezquina e infantil, impropia de la mujer con la que había pasado el día. Pero ¿hasta qué punto la conocía?

–Me quiero ir.

Sus ojos lo miraron impacientes y acusadores.

–¿Por qué? Hace unos minutos querías quedarte. ¿Qué ha cambiado?

–Tú lo has hecho. No eres el hombre que creía.

–¿Cómo dices?

–Ya me has oído –pasó a su lado olvidándose de la cremallera.

Él la tomó del brazo.

–Quiero una explicación.

–Muy bien –dio un tirón y se soltó–. No me gusta cómo hablas a tu hermana. Has sido innecesariamente cruel. Estaba allí. Sé lo que es que te rechace alguien a quien quieres. Y te aseguro que no es agradable. Así que, por solidaridad, me marcho.

–¿Por solidaridad? –estaba tan asombrado que tuvo que agarrarla otra vez antes de que llegara a la puerta–. Espera un momento.

–Suéltame.

–En primer lugar –dijo él mientras la agarraba con más fuerza– no es tu hermana. Ni siquiera conoces a Maddy, así que, ¿por qué te preocupa el tono en que le hablo? –podía haber añadido que no era asunto suyo pero decidió dejarlo pasar.

–He oído lo disgustada que estaba –trató de desasirse de su mano, pero él la sujetó con fuerza–. No la has hecho ni caso. Tenía otro concepto de ti, pero me había equivocado. Es evidente que prefieres pasar el fin de semana seduciendo a una mujer que acabas de conocer que cumplir la promesa que le has hecho a tu hermana. Y no quiero formar parte de ello.

–Si te dedicas a escuchar conversaciones privadas, debes hacerlo bien y oírlas enteras.

–He oído lo suficiente. He oído que le decías que no podías ir porque tenías mucho trabajo, cuando ambos sabemos que el trabajo no tiene nada que ver con…

–No quiero hablar con mi hermana de mi vida sexual, si no te importa –la interrumpió él en tono sarcástico–. Y se me había olvidado que debía ir. Me ha distraído una mujer que me ha estado seduciendo.

–De todos modos, no vas a ir cuando debieras…

–Voy a ir –volvió a interrumpirla– y lo voy a hacer en cuanto haga la maleta. Aunque es una pesadez, porque Maddy y su familia viven en Cornualles. Son seis horas de coche, y ya sabes que anoche no dormí mucho.

–¿Vas a ir? ¿De verdad?

–Sí –no sabía por qué lo acababa de decidir–. Mi hermana me saca de mis casillas, pero no quiero decepcionarla con respecto a mi sobrina.

Ella se sonrojó y dejó el brazo muerto.

–No sabía… Creí que ibas a…

–¿Ves lo que te he dicho sobre espiar conversaciones ajenas?

Ella agachó la cabeza. Cuando la levantó, él contempló una expresión contrita y avergonzada.

¿Por qué había perdido los estribos de esa manera? Había dicho que un ser querido la había rechazado. Y de repente quiso saber quién y por qué.

–No debí haber interferido ni haberme apresurado a sacar conclusiones. Lo siento mucho.

–Estás en deuda conmigo –afirmó él al tiempo que se le ocurría la solución al problema–. Has supuesto cosas sobre mí que no eran ciertas, por lo que debes compensarme.

–¿Cómo? –le preguntó ella mirándolo sin comprender.

–Quiero que vengas conmigo.

# Capítulo Seis

Ruby comenzó a reírse, pues estaba segura de que Cal bromeaba, pero este ni siquiera sonrió.

–¿No lo dirás en serio? No conozco a tu hermana –farfulló ella.

–Maddy te caerá bien –prosiguió él como si eso fuera relevante.

–Pero se trata de un asunto familiar, y yo soy una desconocida.

–Pues yo creo que nos conocemos muy bien.

Ella se estremeció cuando él le acarició la clavícula con el pulgar.

Él se echó a reír, excitado.

–¿Ves a lo que me refiero?

Ella le apartó la mano sonrojándose, pues su reacción ante el la hacía sentirse extrañamente vulnerable.

–No vamos a pasarnos en la cama todo el tiempo que estemos allí. Tendré que hablar con tu hermana. ¿Cómo me vas a presentar? Ni siquiera soy tu novia.

Él le puso la mano en la cadera y la atrajo hacía sí.

–Le diré que eres una amiga. Le hará tanta ilusión verte que no tratará de indagar.

–¿Por qué le va a hacer ilusión verme?

Él bajo la cabeza para tocarle la frente con la suya. Después lanzó un hondo suspiro.

–De acuerdo, voy a contártelo. Desde que Maddy se casó y tuvo un hijo, su misión en esta vida era encontrar a alguien especial para mí, para que sea tan feliz como ella.

Por debajo del tono divertido, Ruby percibió una nota de cinismo.

–Y a ti eso no te gusta.

–Lo detesto. No creo en el amor ni el matrimonio. Pero a Maddy le da igual. Le gusta solucionar problemas; lo ha hecho desde niña. Incluso si el problema no existe.

–Tal vez lo único que quiere es que seas feliz –dijo ella pensando que era triste que Cal no estuviera agradecido de que alguien se preocupara tanto por él.

–Eres muy infantil.

–Qué buen observador.

Cal sonrió.

–Lo importante es que soy feliz. O lo sería si mi hermana no me sometiera al tercer grado sobre mi vida sentimental cada vez que la voy a ver –le acarició la mejilla–. Pero estoy pensando que, contigo allí como distracción sexy, las cosas pueden resultar más fáciles.

Ruby soltó una carcajada forzada, resuelta a tomarse la sugerencia en plan divertido, en vez de sentirse insultada o dolida.

–¿Así que seré tu falsa novia?

Cal asintió. No parecía avergonzarse del truco para engañar a su hermana.

–Eso es típicamente masculino. ¿Por qué no eres sincero con ella? Dile que todavía no estás preparado para esa clase de compromiso.

–Le he dicho que nunca lo estaré, pero no se lo cree. Está convencida de que su matrimonio es perfecto y de que siempre lo será, a pesar de las pruebas que demuestran lo contrario.

Ella volvió a percibir el cinismo en su voz, además de amargura, y se preguntó por qué se sentía tan seguro de que el matrimonio de su hermana estaba condenado al fracaso.

–Y no sabes lo insistente que es –añadió él–. Así que tienes que acompañarme y protegerme de ella.

Ruby estaba segura de que Cal no había necesitado protección ajena en su vida.

Pero se dio cuenta de que su determinación comenzaba a vacilar.

Cal era encantador y sabía emplearlo en beneficio propio. Además, se sentía halagada por su insistencia. Y le picaba la curiosidad. Ver al alguien en su entorno familiar siempre era revelador. Y había muchas cosa que quería saber de Callum.

–Y Cornualles es maravilloso en esta época del año –prosiguió él con una sonrisa.

–De acuerdo, abogado, iré –afirmó ella sin prestar atención a cómo se le había acelerado el pulso. Todo volvía a ser superficial y sexy, como había sido antes de que ella hubiera reaccionado de manera exagerada ante la llamada telefónica.

–Estupendo.

–Pero tenemos que pasar por mi casa para que pueda hacer una bolsa de viaje.

–Hecho.

La abrazó y la besó. Ella abrió la boca, y la pasión acabó con sus últimas dudas.

Mientras corrían por la autopista en el descapotable de Cal, con dos bolsas de viaje hechas a toda prisa, Ruby contemplaba el paisaje tratando de que no volvieran a surgirle dudas.

Callum era peligroso, pero podía manejarlo, y también lo que había entre ellos, pues no era más que una mezcla de deseo y curiosidad.

Se inclinó hacia delante y bajó el volumen de la radio.

–¿A qué te referías al decir «a pesar de las pruebas que demuestran lo contrario»?

–¿Cómo?

–Me has dicho que tu hermana cree que su matrimonio es perfecto, a pesar de las pruebas que demuestran lo contrario. ¿Qué quieres decir? ¿Sabes algo que ella desconoce? ¿La engaña su marido?

–No, que yo sepa. Rye es un buen tipo.

–Entonces, ¿de qué pruebas hablas?

–Supongo que me refería al matrimonio en general. El de nuestros padres fue un desastre, y eso fue duro para Maddy.

–¿Y para ti no? –¿había encontrado por fin su punto flaco?

67

–¿Para mí? –soltó una risa hueca, como si se tratara de una suposición ridícula–. No especialmente. Maddy es una romántica. Quería que el matrimonio de nuestros padres funcionara. A mí me daba igual.

Ruby frunció el ceño. Era una afirmación extraña. No había que ser romántico para desear que el matrimonio de los padres de uno funcionara.

–Cuando dos personas se enamoran, el paso siguiente, desde un punto de vista lógico, es el matrimonio. Es indudable que no siempre sale mal.

–Debo confesar que no me habías parecido del tipo romántico.

–Y no lo soy –negó ella soltando una carcajada de incredulidad–. El matrimonio es complicado. El de mis padres fue un buen matrimonio: sólido, con amor y ayuda mutuos… Pero cuando acabó resultó que había muchas cosas bajo esa apariencia superficial.

–Así que se divorciaron. Eso está muy bien –afirmó él.

–No, mis padres no se divorciaron. El matrimonio acabó al morir mi madre.

–¿Cuántos años tenías cuando murió?

–Diez.

–Tuvo que ser muy duro –murmuró él.

Su madre no había tenido tiempo para él ni para Maddy, siempre ocupada en conseguir que su matrimonio no se fuera a pique.

Pero perderla le habría dejado un hueco, por pequeño que fuera.

–Lo fue, pero llevaba enferma más de un año. Fue mucho más duro descubrir, después de que muriera, que no era la persona perfecta que creía. Ni mucho menos.

Él se concentró en la carretera preguntándose si debía hacerle la siguiente y evidente pregunta. No era asunto suyo, pero entendía muy bien la amargura de la voz de ella.

–¿Qué descubriste?

Ruby frunció el ceño porque no sabía cómo había acabado hablando de su madre con Cal. Lo que había hecho su madre no era un secreto, pero no solía hablar de ello.

–Da igual, Cal, no tienes que oír la historia de mi vida. No tiene interés para ti.

–No te habría preguntado si no lo tuviera. Seguro que no es tan terrible lo que hizo.

–¿Tú crees? ¿Y qué te parece que se acostara con otro hombre justo después de casarse con mi padre, se quedara embarazada y le hiciera creer que el niño era suyo?

Las palabras le salieron a borbotones, duras y sentenciosas.

–De acuerdo, estuvo muy mal.

–En realidad, no lo estuvo tanto. Fue solo una noche, y mi madre tenía diecinueve años. El tipo en cuestión era rico, guapo y elegante, y la sedujo.

Cal cambió de marcha y ella recordó con deseo sus dedos en su piel. Tal vez fuera hora de que perdonara a su madre. Después de la noche anterior poseía experiencia de primera mano de lo irresistiblemente espectacular que podía ser el sexo.

–Tú tienes más capacidad de perdón que yo –afirmó él como si le hubiera leído los pensamientos–. Entonces, ¿tu padre te rechazó al enterarse de que eras ilegítima?

–¿Cómo dices?

–Cuando te enfadaste conmigo a causa de Maddy me dijiste que sabías lo que era sentirse rechazada por un ser querido.

–El bebé no era yo, sino mi hermano Nick.

–Entiendo –dijo él y la miró–. Entonces, ¿quién fue? ¿Quién te rechazó?

Parecía molesto.

–Supongo que me refería a mi hermano. Fue la noche en que mi madre murió. Cuando mi padre se enteró de que no era el padre biológico de Nick…

Ella suspiró. No debiera resultarle tan duro después de tanto tiempo.

–Hacía mucho calor aquella noche. Mi padre había cerrado el restaurante el día antes, lo cual resultaba extraño.

–¿Tu padre tiene un restaurante?

–Lo tenía, un restaurante italiano pequeño, no lejos de la casa en la que ahora vivo. Nada del otro mundo, pero mis padres le había dedicado la vida desde que llegaron de Italia. Lo llevaban juntos y tenían dos empleados. Nick y yo los ayudábamos por la mañana, antes de ir a la escuela, y los fines de semana.

–¿Cuando tenías diez años? –parecía estupefacto.

Ella sonrió al recordar lo mucho que le gustaba el incesante ajetreo de la cocina y ver a sus padres trabajando juntos. La imagen todavía le proporcionaba bienestar, aunque supiera que aquella sensación de seguridad era falsa.

–Sí, bueno, yo fingía ayudar y Nick hacía la mayor parte del trabajo limpiado mesas y haciendo las tareas más sucias en la cocina. Me encantaba. A él no. Incluso antes de que… –¿quería de verdad revivir todo eso?–. Nick detestaba todo lo relativo al restaurante: el ruido, el estrés y la actividad constantes –murmuró ella–. Pero no solo era eso. Algo no iba bien entre mi madre y Nick, incluso entonces –¿por qué siempre se había negado a reconocerlo hasta ese momento?

–¿A qué te refieres?

–Ella se apasionaba por todo. Tenía unas ganas de vivir que se traslucían en todo lo que hacía. Pero con Nick era distinta. No lo abrazaba ni lo besaba con el mismo entusiasmo que a mí. Supongo que mi padre también se había dado cuenta, porque trataba de compensarlo. Era estupendo con Nick. Para hacerle salir del cascarón elogiaba todo lo que hacía. Pero todo cambió la noche en que ella murió.

»Todos estábamos destrozados –susurró–. Era una parte fundamental de nuestras vidas, y se había ido. Y a pesar de lo duro que había sido verla sufrir por el cáncer, la irrevocabilidad fue lo peor. Nick dijo algo, no recuerdo qué. Mi padre lo atacó. Comenzó a despotricar en italiano diciéndole que no quería verlo ni oírlo. Nick se quedó blanco del susto. Yo me eché a llorar y le rogué a mi padre que parara, y lo abracé. Y paró. Se disculpó y empezó a llorar. Me abrazó con tanta fuerza que al día siguiente tenía cardenales en los brazos. Pero no abrazó a Nick, ni siquiera lo miró.

Se secó una lágrima. Respiraba con dificultad. ¡Por Dios! ¿Cuándo iba a superarlo?

–¿Cuándo te enteraste de que Nick era ilegítimo?

Ella trago saliva.

–Oi a mi padre y a Nick hablar el día del funeral. Mi madre le había dicho la verdad a mi padre la noche en que murió –se interrumpió. La sensación de traición y de confusión seguía siendo la misma. Y no solo por la infidelidad, sino por la confesión. ¿Por qué había confesado y destruido todo?–. Mi padre le dijo a Nick que no le importaba, que había perdonado a mi madre y que seguía considerándolo su hijo. Pero Nick no la perdonó. Se recluyó en un hosco silencio. Traté de hablar con él –suspiró–. Tenía la estúpida idea de que si lo quería más, le compensaría por la falta de amor de mi madre.

–No es una idea estúpida –Cal la interrumpió–. Es comprensible. Mi hermana hacía lo mismo cada vez que mis padres rompían. Trataba de arreglarlo. Creía que siendo mejor hija las cosas irían bien.

–Eso es. Yo creía lo mismo. Mi familia se desmoronaba ante mis ojos y no había forma de solucionarlo.

–¿Qué le sucedió a Nick?

–Se convirtió en otra persona. Era sensible y abierto, pero después de la muerte de mi madre comenzó a salir hasta tarde, a reunirse con los peores chicos del barrio, a hacer pellas y a meterse en peleas. No me hablaba, y discutía con mi padre todo el tiempo. Supongo que quería comprobar si mi padre lo quería de verdad. Y al cumplir los dieciséis, tuvo una pelea descomunal y se marchó. Mi padre trató de buscarlo, pero no lo halló.

–¿Así que no has vuelto a verlo?

Si hubiera sido tan sencillo…

–Me puse en contacto con él hace tres años, cuando mi padre sufrió un infarto, por lo que tuvo que dejar de trabajar y vendimos el restaurante. Supe que se estaba muriendo y él también lo sabía. Y me pidió que buscara a Nick porque quería volver a verlo. Así que contraté a un detective. Resulta que vive en San Francisco y es guionista en Hollywood. Tuve que pasarme tres semanas llamando a su agente y a su secretaria antes de que me devolviera la llamada. No quiso saber nada –se le llenaron los ojos de lágrimas–. Volví a llamarlo dos veces cuando mi padre se puso peor. Me respondió, pero no conseguí hacerle cambiar de idea.

–¿Qué te dijo?

–Que no quería volver a ver a mi padre. Eso fue lo peor: se refería a él como «tu padre», como si no fuera también el suyo. Perdí los estribos. Le grité, le rogué, le supliqué, me peleé con él. Pero no me hizo caso. Mi padre murió unas semanas después.

Mandé a Nick una invitación para el funeral. No se presentó –se volvió hacia Cal y vio que tenía el ceño fruncido–. Esa es la larga y aburrida razón por lo que esta tarde he hecho el ridículo cuando tu hermana ha llamado. Al oírte hablar con ella ha sido como si reviviera los sentimientos de dolor, frustración e impotencia y te transfiriera mi pesar por Nick.

Mientras observaba la línea rígida de la mandíbula de Cal y sus ojos fijos en al carretera, Ruby se preguntó de dónde había procedido el estúpido impulso de contárselo todo.

–Sabes escuchar –murmuró, consciente de que había hecho más que eso. Con sus preguntas y observaciones la había ayudado a ver el derrumbe de su familia desde otra perspectiva. Y se daba cuenta de que había hecho todo lo que había podido, por lo que debía dejar de sentirse culpable por algo que no había estado en su mano solucionar.

–Escuchar forma parte de mi trabajo –afirmó él, pero parecía sorprendido y un poco avergonzado.

Ruby sonrió. ¿Quién hubiera supuesto que el caudillo escocés se sentiría desconcertado por un cumplido?

Le pesaban los ojos y bostezó. Estaba exhausta después del relato.

–Tengo sueño –volvió a bostezar.

–Reclina el asiento y duerme un poco.

Ruby sintió como la fatiga le invadía los miembros mientras se quedaba dormida. Era increíble que solo conociera a Cal desde el día anterior. Era un hombre que sabía impresionar a una mujer. Y en más de un sentido.

Cal aceleró para adelantar. Estaba furioso. Le hubiera gustado dar una paliza a Nick Delisantro.

El hermano de Ruby le parecía una canalla egoísta.

Aunque él no fuera el mejor hermano del mundo, nunca trataría a Maddy con el desprecio con que Nick había tratado a Ruby.

Al sentir la emoción de ella al hablar de las llamadas telefónicas que había hecho a Nick, supo lo que le habría costado, a su orgullosa y apasionada Ruby, ver morir a su padre sin haber conseguido que su último deseo se cumpliera.

Un momento.

—¿Qué demonios…? —masculló una maldición.

«¿Su Ruby?». ¿De dónde había salido aquello?

La miró. Estaba acurrucada en el asiento y el cabello rizado le enmarcaba el rostro, que brillaba al sol. Tomó aire y lo soltó lentamente. Miró el cuentakilómetros y redujo la velocidad.

Ruby no era ni por asomo «su Ruby». Apenas la conocía.

Era cierto que probablemente hubiera tenido con ella el mejor sexo de su vida. Y pensaba volver a tenerlo antes de que acabara el fin de semana. Pero en cuanto volvieran a Londres aquella aventura habría terminado.

Ella no era suya ni nunca lo sería.

Él no tenía relaciones largas ni le gustaba inmiscuirse en las vidas ajenas porque detestaba la falta de intimidad.

Ese momento de conexión entre Ruby y él había sido producto del cansancio. Si a eso se añadían las muchas horas conduciendo y la inquietante perspectiva de pasar el fin de semana con la familia de su hermana, no era de extrañar que hubiera bajado la guardia.

Desde ese momento tendría más cuidado. Y si Ruby y su pasado volvían a picarle la curiosidad, se mordería la lengua antes que demostrarle el deseo de saber más.

# Capítulo Siete

–¡Por Dios! –Ruby inclinó la cabeza hacia atrás para mirar boquiabierta Trewan Manor mientras Cal se aproximaba al edificio.

La mansión de piedra parecía un cruce entre el castillo de Cenicienta y la imaginación enfebrecida de un arquitecto victoriano. Situada sobre un acantilado, era un edificio imponente y espectacular. Al acercarse más, Ruby se dio cuenta de que había aspectos más cotidianos, como las jardineras llenas de flores de las ventanas, el olor a hierba recién cortada y un patinete abandonado en los escalones de la entrada, que convertían el castillo de cuento de hadas en una vivienda familiar.

–¿Cuánto hace que vive tu hermana aquí? –preguntó al bajarse del coche.

–Desde que conoció a Rye –respondió Cal mientras sacaba las bolsas del asiento trasero.

Ruby esperaba que añadiera algo más, pero se quedó callado.

Aquello le parecía ridículo. Había estado dormitando durante todo el viaje. Cada vez que había abierto los ojos, se había dado cuenta de que Cal estaba más tenso y menos comunicativo, pero decidió no reprochárselo porque debía estar tan exhausto como ella por la noche anterior, además de que llevaba horas conduciendo.

–¿Forman parte Maddy y su familia de un programa de testigos protegidos? –le preguntó sonriendo dulcemente mientras extendía el brazo para agarrar su bolsa–. Conseguir que hables de ellos es una empresa imposible.

–Muy graciosa –se limitó a responder él.

En vez de entregarle la bolsa, se la puso bajo el brazo y colocó la mano libre en su espalda.

–Ya la llevo yo –afirmó mientras la conducía a la entrada–. Ten por seguro que necesitarás ambas manos cuando conozcas a Maddy –añadió enigmáticamente.

Una joven delgada con pantalones vaqueros cortos y una camiseta vieja salió a toda prisa por la puerta principal. Rodeó el cuello de Cal con los brazos y se puso de puntillas para besarlo en la mejilla.

–¡Por fin!

–Hola Maddy –dijo él–. Te presento a Ruby.

–¡Ruby! ¡Genial! –exclamó mientras la tomaba de las manos–. Encantada de conocerte.

Los ojos de Maddy, del mismo tono esmeralda que los de Cal, brillaban de emoción y curiosidad–. Espero que no te importe que haya casi obligado a Cal a venir, peo es que Mia le tiene mucho cariño. Y mañana es su cumpleaños.

–No pasa nada –dijo Ruby, incómoda ante el entusiasmo de Maddy. No se le había ocurrido que iban a engañar a Maddy al fingir que eran pareja.

Ella la había saludado como si fuera alguien importante, cuando no era así.

–¿Dónde está Mia? –preguntó Cal.

–Por suerte se durmió hace una hora –respondió Maddy mientras entraban–. Cuando supo que venías por su cumpleaños, se puso como loca –sonrió mientras abría la puerta de la cocina comedor–. Que su tío preferido venga a verla y celebrar su fiesta de cumpleaños, las dos cosas el mismo fin de semana, es demasiado para una niña de tres años.

–Soy su único tío –observó Cal.

–Rye ha ido a verla –dijo Maddy sin hacer caso del comentario de su hermano–. Espero que no hayáis cenado. Nosotros no lo hemos hecho por esperaros.

–No, no hemos cenado –dijo Ruby al ver que Cal no hablaba–. Sé que no me esperabais y espero no importunaros.

–No seas tonta. Es estupendo que hayas venido. Además, me encanta cocinar. Seguro que Cal te ha contado que siempre hago comida para un regimiento –se acercó a la cocina y sacó del horno una bandeja de volovanes.

El aroma a mantequilla, especias y salmón hizo salivar a Ruby.

–Huele de maravilla –afirmó, decidida a no decirle que Cal no le había contado casi nada de ella, salvo que estaba muy enamorada de su marido y que había sufrido mucho por lo mal que se llevaban sus padres.

Mientras Maddy colocaba los volovanes en la

gran mesa de roble, Ruby observó que esta ya estaba llena de gran cantidad de ensaladas y aperitivos. Se enterneció al pensar en las molestias que se había tomado la anfitriona, que debía de llevar toda la tarde preparando la cena.

–¿En qué habitación estamos? –preguntó Cal–. Voy a dejar las bolsas.

–Sí, claro –dijo Maddy–. Estáis cerca de la de Mia, en el primer piso. La habitación tiene una vista fantástica de la bahía.

Cal asintió.

–Estupendo.

Mientras él se llevaba las bolsas, Ruby se preguntó por qué estaba tan poco comunicativo.

–¿Te apetece una copa de vino? –le preguntó Maddy con un entusiasmo algo forzado.

–Sí, gracias –Ruby le sonrió tratando de animarla.

–Tengo una botella en la nevera. Y podemos picar algo mientras vuelven los hombres.

Hablaron del viaje mientras Maddy abría la botella y le servía a Ruby una copa.

–¿Tú no bebes? –le preguntó Ruby mientras se tomaba un canapé de la bandeja que le había ofrecido la anfitriona.

Maddy se sonrojó y se llevó la mano al vientre.

–De momento, no puedo beber por prescripción médica.

Ruby tragó saliva.

–¿Estás esperando un…? –se interrumpió bruscamente.

Pero Maddy sonrió mientras asentía.

–Todavía no se lo he contado a Cal, así que, por favor, no le digas nada.

–No lo haré –contestó Ruby volviendo a sentirse incómoda.

–Lo sabemos desde hace dos semanas. Por eso deseaba tanto que Cal viniera este fin de semana, para no tener que decirle algo importante por teléfono. Espero que no hubierais hecho grandes planes. Supongo que al decirme que tenía trabajo se refería a ti.

–En efecto –reconoció Ruby. Era evidente que Maddy conocía más de la vida privada de su hermano de lo que este suponía.

Ruby alzó la copa.

–Por su tío. Estoy segura de que estará encantado.

Aunque Cal no fuera partidario del matrimonio, ¿a qué hombre no le emocionaría tener un nuevo sobrino?

Maddy se sirvió un vaso de agua mineral y brindó con Ruby.

–Esperemos que así sea –dio un gran sorbo al vaso y añadió–: No está tan buena como el vino, pero tendré que resignarme los próximos siete meses.

El alegre comentario le provocó una punzada de envidia en Ruby. Ella carecía de instinto maternal.

Apartó la idea de sus pensamientos al ver que Cal volvía acompañado de un hombre que se le acercó y le tendió la mano.

–Soy Rye King, el marido de Maddy. Bienvenida a nuestra casa.

Era rubio, delgado, de constitución atlética y de una belleza masculina como la de los hombres que aparecían en las portadas de las revistas.

–Hola –dijo Ruby mientras le estrechaba la mano. Entonces cayó en la cuenta de quién era.

En efecto, lo había visto en la portada de una revista; en una de economía, para ser exactos. Había leído una artículo sobre el increíble desarrollo de su empresa de artículos deportivos.

–King Xtreme –murmuró con admiración. Era el nombre de la empresa que había creado tras abandonar una carrera de mucho éxito como campeón de surf.

Rye se mesó el cabello con timidez.

–Así es.

–La semana pasada estuve en una de tus tiendas mirando bicicletas de montaña.

–¿Y al final te decidiste a comprarla?

–Me temo que no hay suficientes montañas en Londres que justifiquen la compra –Ruby sonrió–. Pero estuve tentada.

–Tendré que decir que te hagan descuento para que la tentación aumente –apuntó él mientras le pasaba el brazo a su esposa por la cintura y la atraía hacia sí.

–¿Sigue Mia durmiendo? –preguntó Maddy a su esposo.

–Profundamente –afirmó él mientras la besaba el cabello.

La intimidad que compartían era una prueba de lo mucho que se querían, se deseaban y respetaban.

–Ruby ya es bastante peligrosa conduciendo un vehículo de cuatro ruedas –afirmó Cal con ironía mientras se sentaban a la mesa–. Así que no te recomiendo que le vendas una bicicleta, Rye.

–El accidente fue culpa tuya –dijo ella, contenta al ver que Cal se había relajado un poco–. Yo estaba parada.

–¿Tuvisteis un accidente? –preguntó Maddy mientras iba pasando las ensaladas.

–Un topetazo, más que un accidente –explicó Ruby–. Así nos conocimos ayer –iba a llevarse el tenedor a la boca, pero se detuvo al ver cómo abría los ojos Maddy.

–¿Os conocisteis ayer?

Ruby se ruborizó hasta las orejas. Parecía que no podía seguir fingiendo que era la novia de su hermano.

–Sí.

Oyó que Cal lanzaba un leve gemido, pero se negó a mirarlo. Ella no había estado de acuerdo en mentir desde el primer momento. Y después de conocer a Maddy, se alegraba de que supiera la verdad. Era una mujer afectuosa, generosa y abierta, y a Ruby no le parecía bien que creyera que ella era para Cal más de lo que era.

–¡Es increíble! –Maddy se echó a reír–. Conociste a mi hermano ayer y, sin embargo, te ha traído aquí. Debéis de haber congeniado.

Cal tosió.

–Maddy, por favor, no empieces a pensar en la vajilla de la boda.

–Pero, Cal, tienes que reconocer que es muy significativo. Ruby es la primera mujer con la que has pasado seis horas en un coche, lo que implica que has tenido que hablar con ella.

Ruby se relajó al ver la actitud de Maddy. Esta le guiñó el ojo.

Cal frunció el ceño y Ruby sintió un inmenso placer. Él era para ella su primera aventura pasajera, por lo que le sería agradable saber que, cuando se despidieran, ella había tenido cierta importancia para él. Sonrió a Maddy.

–¿Cuántas amigas ha tenido Cal?

–Me temo que millones –respondió su hermana en tono divertido–. Pero estoy segura de que jamás ha mantenido una conversación con ninguna, excepto contigo.

–¿Os importaría dejar de hablar de mí estando yo presente? –preguntó Cal en tono malhumorado.

–Ya sé que estás aquí –afirmó Maddy mirándolo mientras su sonrisa desaparecía–. Por primera vez en seis meses, a pesar de las innumerables veces que te he invitado. ¿Por qué?

Ruby tuvo que reconocer que Maddy no tenía pelos en la lengua.

Cal se encogió de hombros.

–He estado muy ocupado.

–Eso es lo que dices –Maddy suspiró.

Rye le acarició la mano.

–¿Por qué no le das la noticia, ya que has conseguido que venga?

Maddy le agarró la mano y volvió a sonreír.

–¿Qué noticia? –preguntó Cal con precaución.

Maddy se llevó la mano al vientre sonriendo de oreja a oreja con la expresión de orgullo y esperanza que había cautivado anteriormente a Ruby.

–Vas a volver a ser tío.

En lugar de alegrarse, Cal no cambió de expresión.

–Ya veo.

Se produjo un corto silencio que interrumpió Maddy.

–¿Eso es todo lo que tienes que decir?

–Supongo que debo felicitaros.

Ruby no había oído una felicitación más mezquina en su vida.

–¿Lo supones? –el dolor y la confusión eran evidentes en la voz de su hermana.

Ruby miró asombrada a Cal. Parecía que no se alegraba de la noticia.

–¿Cuándo nacerá el bebé? –preguntó con la esperanza de rebajar la tensión mientras Cal se limitaba a mirar a Maddy.

Maddy trató de controlarse y de recuperar la sonrisa.

–Dentro de siete meses. Nacerá en primavera.

–¿Se lo habéis dicho ya a Mia?

Maddy negó con la cabeza.

–Todavía no.

–Sabemos que a Mia le va a encantar la idea de tener un hermanito, pero cuando le tengamos que dedicar nuestra atención, habrá problemas. Ahora ella es la reina de la casa, y lo sabe perfectamente.

–Estoy deseando conocerla –afirmó Ruby. Y lo decía sinceramente.

Rye y ella continuaron hablando del futuro bebé con Maddy, pero Cal mantuvo un silencio sepulcral.

Cuando acabaron de cenar, Maddy se excusó diciendo que estaba exhausta. No engañó a Ruby, que se había dado cuenta de los intentos de la joven por conseguir que su hermano interviniera en la conversación.

Ruby ayudó a Rye a quitar la mesa mientras Cal iba llenando el lavaplatos. Después ella dio las buenas noches a Rye, y Cal se dispuso a seguirla.

–Un momento, Cal. Tengo que hablar contigo –le dijo Rye.

–Muy bien.

Ruby los vio dirigirse al salón en silencio. Mientras subía las escaleras reflexionó sobre el distanciamiento entre Cal y su hermana. Era poco probable que la tendencia de Maddy a buscarle novia fuera la causa de la conducta de Cal esa noche. Tenía que haber algo más.


–¿Qué demonios te pasa?

Cal se sintió irritado ante la mirada furibunda de su cuñado.

Estaba cansado, confuso y, por algún motivo inexplicable, mucho más susceptible de lo habitual. Una bronca de su cuñado era lo único que le faltaba.

–No me pasa nada.

Se dio la vuelta para marcharse, pero Rye lo agarró del brazo.

–Mi esposa se ha pasado tres horas haciendo la cena porque quería ofrecerte algo especial –lo miró con desprecio–. Porque le importas, aunque no entiendo el motivo, ya que es evidente que tú no te preocupas por ella.

El sentimiento de culpa que Cal siempre tenía bajo control renació. Se puso furioso. Se desprendió de la mano de Rye.

–Suéltame. La relación con mi hermana no es asunto tuyo.

–¿No me digas? Es mi esposa. Soy quien ve que trata de tragarse las lágrimas cuando le dices que vas a venir y no lo haces; o quien le ofrece una excusa tonta que justifique que no hayas podido venir. ¿Sabes el daño que le hace saber que no te importa en absoluto?.

Cal acusó el golpe, pero no lo demostró.

–No es mi intención hacerle daño.

–¡Maldita sea! No lo entiendes, ¿verdad?

–¿El qué?

–Que no va a dejar de preocuparse por ti. Maddy no es así. Nunca falla a los demás, ni siquiera a ti.

–Gracias por el sermón. Lo tendré en cuenta –se dio la vuelta para marcharse. Sentía una emoción que no reconocía ni entendía. Nunca perdía el control, ya que se había pasado su infancia despreciando a sus padres por hacerlo. Pero cuando Maddy le había hablado del futuro bebé, se había quedado de piedra y no había sido capaz de felicitarla ni de comunicarle su alegría ante el anuncio. Maddy siempre le había pedido muy poco. ¿Por qué no podía darle ni siquiera eso?

Después de abrir la puerta se detuvo en seco al oír las palabras de Rye.

–No vuelvas a hacerle daño o tendrás que vértelas conmigo.

Era una amenaza carente de significado. Maddy se quedaría destrozada si su hermano y su marido se pegaban. Y Rye lo sabía. A pesar de todo, Cal se volvió para mirarlo. Al contemplar el rostro furioso de su cuñado, tuvo que reconocer la verdad.

Rye tenía razón: su hermana no iba a dejar de preocuparse por él por mucho que se empeñara.

Hizo un seco gesto de asentimiento.

–Hablaré con ella mañana.


Al entrar en el dormitorio, Cal se detuvo al ver a Ruby al otro lado de la habitación, sentada al lado de la ventana, con las piernas recogidas y absorta leyendo una novela. Le resultó tan inesperado y seductor que le borró momentáneamente la desagradable escena que acababa de tener con Rye.

Con el pelo recogido, el rostro desmaquillado y unas gafas, se la podría confundir con una colegiala.

Se la imaginó de niña, tratando de enfrentarse a la muerte de su madre y al rechazo de su hermano.

Y volvió a experimentar la sensación de impotencia y futilidad que lo había perseguido durante su propia infancia. Pero bajó la vista y le miró los pezones que resaltaban por debajo del camisón que llevaba puesto.

El deseo le apartó aquellas ideas de la cabeza. Que Ruby y él tuvieran cosas en común era pura coincidencia.

Y, en aquel momento, el problema no era la familia de ella, sino la suya.

No era su intención hacer daño a su hermana, pero se lo había hecho, lo que implicaba buscar el modo de disculparse al día siguiente. No era una conversación que le hiciera mucha ilusión.

—Por fin solos —dijo mientras se quitaba los mocasines y se tumbaba en la cama.

Ruby alzó la cabeza, se quitó las gafas y dejó el libro. Se soltó el pelo y se levantó. Su aspecto de colegiala desapareció por arte de magia y se convirtió en la mujer voluptuosa que Cal conocía.

Suspiró al verla acercarse a la cama, y la tensión que sentía en los hombros comenzó a disminuir para ser sustituida por otra, más sublime, en la entrepierna.

Menos mal que se había traído a Ruby. Hundirse en su cuerpo era la forma perfecta de olvidar la dura prueba que lo esperaba al día siguiente.

—Ven aquí —dio unas palmadas en el colchón, se puso las manos en la nuca y se fijó en el fascinante escote del camisón—. Voy a violarte la noche entera.

Ella soltó una risa ronca.

–Ni hablar. Nada de violaciones esta noche.

Él la agarró de la muñeca y tiró hasta situarla encima de él.

–Deja de hacerte de rogar.

Ella se volvió a reír, pero se apartó.

–Lo digo en serio. No vamos a hacer el amor cuando hay una niña de tres años dos puertas más allá.

Él volvió a sentir tensión en los hombros.

–¿Cuándo te has vuelto tan mojigata?

Ella le sonrió con la superioridad que las mujeres emplean cuando los hombres están desesperados.

–Desde que me haces gritar.

Él la soltó. La frustración le contrajo los músculos del cuello.

«Fantástico», pensó.

El viaje estaba resultando cada vez mejor. Se sentó en el borde de la cama y se mesó el cabello.

–No deberíamos haber venido –se quejó sin dirigirse a nadie en especial–. Sabía que sería un desastre.

–¿Qué te pasa con tu hermana?

Cal volvió la cabeza.

–¿Cómo?

–¿Por qué has tenido esa reacción cuando te ha contado lo del bebé?

Él gimió.

–Estoy cansado. Ha sido un día muy largo. ¿Podemos hablar de eso en otro momento?

–Pero has estado tan…

90

–Mira, Ruby –la interrumpió bruscamente–. Estás aquí porque nos divertimos juntos en la cama, no para hacer comentarios sobre mis relaciones familiares.

Ella se estremeció como si la hubiera golpeado.

–Vaya, gracias, Cal –se levantó y lo fulminó con la mirada–. Tal vez debiera tatuarme «soy la prostituta de Cal» en la frente, para no confundirme.

Él se puso de pie y la agarró por la cintura.

–No te enfades –había visto dolor y la ira en sus ojos–. No debiera haberlo dicho. No te considero eso. Y no era lo que quería decir.

Ella se soltó.

–Entonces, ¿qué querías decir?

–Nada –volvió a sentarse en la cama. La frustración lo ahogaba. Solía ser muy elocuente, se ganaba la vida con la abogacía siendo erudito y convincente al dirigirse al jurado o al alegar ante el juez. ¿Por qué aquella noche no conseguía decir nada bien?

–Me parece que tendrás que decirme algo más –afirmó ella con los brazos en jarras.

–Creo que estoy tenso esta noche –reconoció de mala gana– y que lo he pagado contigo.

Ella ya no parecía enfadada, sino intrigada.

–¿Por qué la felicidad de tu hermana y su esposo te incomoda tanto?

–¿Cómo?

–Acabas de decir que estás tenso. Y la reacción que has tenido cuando Maddy te ha dicho… –hizo una pausa mientras los ojos se le iluminaban ante la revelación–. Te sientes excluido. ¿Es eso?

–¿Excluido? –¿Por qué demonios iba a sentirse así? Maddy y Rye representaban lo contrario de lo que él deseaba de la vida–. ¿De qué? –añadió mientras la tensión le subía hasta las sienes.

–Te sientes excluido porque se quieren.

–¡Por favor…! –se burló él–. ¿Qué significa eso? El amor es una palabra que se usa para justificar el deseo, la dependencia o las dos cosas.

–Eso es ridículo. ¿Cómo dices algo así? ¿Nunca te has enamorado?

Parecía perpleja, pero lo que más le molestó fue el tono compasivo de sus palabras.

–¿Quieres decir que tú sí? –contraatacó él.

–Por supuesto.

–¿De quién?

–¿Cómo? ¿Es que quieres una lista?

–Supongo que sí –replicó él, sorprendido porque se estaba poniendo celoso.

–Pues muy bien –se dejó caer en la cama y cruzó las piernas–. Jackson Dalton fue mi primer amor. Vivía enfrente y tenía unos ojos soñadores y unos rizos preciosos. Y…

–¿Lo ves? Eso es simplemente deseo. Te gustaba ese tipo –como todas las mujeres, Ruby creía que había que justificar los instintos primarios con sentimientos más puros.

Ella enarcó una ceja.

–¿Así que ahora eres un experto?

–Solo digo que…

–Ya sé lo que dices. Deja de tener pensamientos lascivos. Yo tenía once años, edad a la que desconocía los placeres del sexo. Jackson me acompañaba a casa todos los días, después de las clases. Hablábamos de nuestros planes para el futuro. Ni siquiera llegamos a besarnos. Fue el amor menos lujurioso que he tenido.

—Me estás hablando de amor infantil. ¿Dónde está ahora Jackson? —preguntó él apuntándola con un dedo.

Ella se lo agarró.

—Deje de interrogarme, abogado. Se trasladó a Mánchester cuando yo tenía doce años.

—¡Qué oportuno!

—Eres un cínico. ¿En serio que no has querido a ninguna de tus novias? ¿Nunca? ¿Cómo es posible? Según tu hermana, has tenido millones.

—Ha exagerado un poco, pero te aseguro que no me he enamorado y que nunca lo haré.

Ella se quedó callada durante un rato.

—Cal —susurró al fin— es lo más triste que he oído en mi vida. ¿Por qué no quieres que haya amor en tu vida? ¿Por qué no quieres unirte a alguien que te importe? ¿Cómo rechazas por principio lo que hace que los seres humanos se sientan de maravilla sin costarles nada?

—¿Qué no les cuesta? —preguntó él en tono desdeñoso—. El precio es muy alto. ¿No es nada perder el orgullo, la dignidad y el respeto por uno mismo?


Alguien tenía que haberle hecho mucho daño, era la única explicación, pensó Ruby con tristeza.

¿Por qué iba a querer alguien cerrarse a todas las cosas maravillosas que suponía estar enamorado?

El compañerismo, la sensación de conexión, el dulce consuelo de la familiaridad y la rutina cuando llevabas saliendo con alguien durante cierto tiempo... Claro que había que pagar un precio si el amor se acababa. Recordó la sensación de fracaso que había experimentado al reconocer que ni Johnny, ni Ty, ni Jackson, su primer amor, eran el hombre de su vida. Le había dolido, pero esa desilusión no había sido nada comparada con el dolor de perder a su madre o a su hermano.

—¿Quién fue? —le preguntó, enfadada con aquella desconocida.

—¿Quién fue, quién?

—La mujer que destruyó tu fe en las relaciones amorosas.

—No ha habido ninguna mujer. Ya te he dicho que no me he enamorado. Se lo dejo a los tontos y a los románticos, y no soy ni lo uno ni lo otro.

Se había puesto a la defensiva, y el tono de su voz le removió a Ruby algo por dentro. La dura expresión de su rostro le recordó a Nick y todas las veces que lo había visto ocultar su dolor y vulnerabilidad.

Le puso la mano en la mejilla, llena de compasión.

—Cal, tiene que haber un motivo para que desconfíes de todos. ¿Es algo relacionado con tus padres y su desastroso matrimonio? ¿Por eso eres tan cínico?

Él se echó hacia atrás.

–No es cinismo, sino realismo –observó con amargura–. Sus constantes peleas y reconciliaciones fueron un infierno para Maddy.

–Y también para ti.

–No, porque sabía que su matrimonio era una farsa, que él no dejaría de irse con otras mujeres, que hacía promesas que no iba a cumplir.

–¿Por qué lo sabías?

–Porque yo era su coartada.

–¿Su qué?

–Su coartada –repitió Cal con resentimiento–. Todos los sábados por la mañana, mi padre decía a mi madre que me llevaba a clase de judo. Después iba a acostarse con una de sus amantes mientras yo me quedaba en el coche.

–¿Te llevaba con él? –preguntó Ruby horrorizada–. Es monstruoso.

–Sí, bueno… Me abrió los ojos a lo que era el matrimonio y descubrí la verdad sobre el amor: no existe.

Sonrió con acritud. De niño, hubiera querido contárselo a alguien, para ver si así podía evitar que sucediera, pero no tuvo el valor de hacerlo. Era lamentable que hubiera roto su silencio cuando ya daba igual.

–Es terrible, Cal. ¿Qué hiciste?

–Mantener la boca cerrada –todavía recordaba la bofetada que la había propinado su padre cuando le amenazó con contarlo y lo rápidamente que se le quitaron las ganas de hacerlo–. No era tan terrible –añadió con sequedad–. Nunca me gustó mucho el judo.

–¿Cuánto duró?

Él se encogió de hombros.

–No me acuerdo.

¿Había sido un año? ¿Dos? En su momento le pareció eterno. Estaba atrapado en una mentira sobre la que no ejercía control alguno. Todavía recordaba el miedo de los sábados, el terror de que Maddy y su madre lo descubrieran. Y cómo ese miedo se había ido convirtiendo en odio. Al final, poseía un conocimiento de las relaciones adultas que no deseaba, y despreciaba a sus progenitores; a su padre, por las mentiras y el engaño; a su madre, por su debilidad para enfrentarse a la verdad. Se prometió que no volvería a verse en una situación semejante: forzado a proteger algo que ni siquiera era real.

–¿Terminó por fin? –preguntó ella.

–No, mi madre acabó por descubrirlo. Se pelearon y ella lo echó de casa –hizo una pausa para tratar de olvidar los gritos de sus padres y los sollozos de Maddy–. Y unas semanas después lo perdonó –y todo volvió a empezar–. Porque, ya sabes, ella lo quería.

Ruby lo miró. La calidez y comprensión de su mirada hizo que Cal se sintiera muy incómodo. ¿Por qué lo miraba como si algo de todo aquello importara?

–No me extraña que no creas en el amor –murmuró ella.

Él quiso decirle que ya la había advertido. Pero no le salieron las palabras, porque el rostro de ella no reflejaba conformidad, sino derrota.

–Vamos a acostarnos –dijo él cambiando de tema a propósito–. Estoy muerto.

–Lo pareces –afirmó Ruby mientras le ponía la mano en la cabeza y atraía su boca hacia la de ella.

Fue un beso suave y tierno, peo despertó en él el deseo.

–Creo que los dos necesitamos dormir –añadió ella en un susurro.

Probablemente tuviera razón. Estaba cansado. Se quitó los pantalones y se tumbó en la cama al lado de ella. Aspiró su aroma a vainilla, pero no la tocó. Ella se acurrucó a su lado, de espaldas a él, con las nalgas rozándole el miembro erecto.

–Deja de torturarme y quédate quieta –gruñó él apretándola contra él cuando ella volvió a moverse.

Pero le rozó los senos con el brazo y, sin pensarlo, tomó uno de ellos en la mano.

–No pasa nada, Cal –murmuró ella–. A veces, el sexo ayuda a olvidar. Tal vez si tenemos cuidado…

¿De qué hablaba? Él no necesitaba olvidar.

Le acarició el muslo con la otra mano hasta llegar a la nalga desnuda bajo el camisón.

–Procura no hacer ruido –murmuró él mientras le mordía el lóbulo de la oreja y le acariciaba la nalga.

Ella gimió y se giró sobre sí misma.

–No estoy segura de poder estar callada contigo –susurró mientras le rozaba los boxers con la mano.

Él apretó los dientes y después gimió suavemente al encontrar con los dedos los pliegues húmedos del sexo femenino.

Ella se tensó y gimió.

–No llegues, todavía no –le pidió él. Tenía que estar dentro de ella. Se colocó encima. Le quitó el camisón y lo echó a un lado–. ¿Tomas la píldora?

Ella asintió con los ojos muy abiertos.

Menos mal, porque no podía parar, no podía buscar los condones y ponerse uno.

Le abrió las piernas y la penetró con fuerza. Ella sollozó y se mordió el labio inferior mientras su sexo se contraía y después se relajaba para volverse a contraer en torno a él.

Él marcó el ritmo y le tapó la boca cuando ella gritó y se arqueó debajo de él, entre espasmos, al llegar al orgasmo. Él trató de seguir, de mantener a raya el deseo, pero no pudo. El orgasmo lo arrolló con la fuerza de un tren a toda velocidad, de forma rápida y explosiva.


Él sintió que el cuerpo de ella se relajaba y se quedaba dormida.

Tiró de la sábana para taparlos a los dos y miró por la ventana. Miles de estrellas brillaban en el cielo como no lo hacían en Londres.

¿Por qué había contado a Ruby los sórdidos detalles del matrimonio de sus padres? ¿Y de dónde procedía ese deseo frenético de poseerla? Nunca había tomado a una mujer sin condón, y no solo por razones de seguridad, sino también porque no había confiado en ninguna lo bastante como para arriesgarse a que se quedara embarazada.

Ella se removió y él le miró el pelo, iluminado por la luna.

Entonces, ¿qué le había hecho estar seguro de que podía confiar en Ruby?

Se apretó el pecho para tratar de calmar los latidos de su corazón. Ella lo removía por dentro de algún modo, pensó fatigado mientras comenzaba a quedarse dormido.

Tendría que asegurarse de que no volviera a suceder.

–Podemos ponerle el glaseado rosa o azul –propuso Ruby mientras batía la mantequilla–. ¿Cuál prefieres, Mia?

–¡El rosa! –exclamó la niña dando palmas.

Ruby añadió unas gotas de colorante a la masa al tiempo que Maddy entraba en la cocina tirando de un puñado de globos.

–Muchas gracias por hacer la tarta –dijo mientras buscaba algo en los cajones–. Aquí está –sacó un rollo de cinta, se sentó y comenzó a entrelazar la cinta con los hilos de los globos–. Huele de maravilla.

Ruby sonrió y le dio a Mia una cestita de fresas que habían lavado juntas.

–Elige las que más te gusten, porque solo las mejores pueden ir en tu tarta de cumpleaños.

La niña agarró la cesta como si fueran las joyas de la corona.

–Sí, señorita Ruby.

Esta sonrió con el corazón derretido. Su charla llena de vida, su rostro de querubín, sus ojos verdes y sus rizos rubios enternecían a Ruby.

Ruby pensó que cualquier madre la hubiera perdonado por despertarse al alba aquella mañana.

Hacía una hora que había dejado a Cal durmiendo profundamente y que estaba ayudando a Maddy y Rye al ver lo cansados que estaban por haberse tenido que levantar tan pronto y lo mucho que quedaba por hacer para la fiesta de cumpleaños, que sería a mediodía. Además, necesitaba realizar alguna actividad para no pensar en el vuelco que le había dado el corazón al despertarse en brazos de Cal.

–Repíteme cuántos niños van a venir –pidió Ruby a Maddy mientras extendía el glaseado por el bizcocho y Mia iba sacando fresas de la cestita.

–No estoy segura. Todos los amigos de Mia tienen hermanos mayores o menores, y nos parecía feo no invitarlos. Creo que van a venir todos los niños menores de cinco años –afirmó levantando los brazos con desesperación.

Ruby se echó a reír.

–Estáis locos.

–Creía que tenía todo controlado, pero me resulta increíble haberme olvidado de la tarta.

–No es de extrañar –observó Ruby, maravillada de que, en medio de aquel caos, Maddy fuera capaz de recordar cómo se llamaba. Le enseñó la tarta a Mia–. ¿Quieres ponerle tú las fresas?

–¿Puedo?

–¿De quién es la tarta?

–Mía.

–Entonces, me parece que sí.

La niña comenzó a colocar las fresas con mucho cuidado.

–La tarta tiene un aspecto magnífico. Cuando tengas hijos, sus amigos te suplicarán que los invites a todas las fiestas.

–Gracias –respondió Ruby. Era un asunto en el que no había pensado, pero no se veía con hijos en un futuro próximo. Pero ¿por qué de pronto la vida le parecía vacía?

Oyó un sollozo a sus espaldas y se volvió. Una lágrima le corría a Maddy por la mejilla.

–¿Te pasa algo?

–No me hagas caso –Maddy sacó un pañuelo del bolsillo de los pantalones cortos–. Son las hormonas del embarazo, que me hacen llorar por cualquier cosa –se sonó la nariz y se secó las lágrimas–. Es que estoy muy contenta de que Cal haya encontrado, por fin, a alguien como tú.

–Ah –la sonrisa de Ruby se borró–. No estamos exactamente… –no quería arruinar la alegría de Maddy–. Hace unos días que nos conocemos. No es nada serio.

–Lo sé, lo sé. He dejado que mi gen romántico,

como lo llama Cal, se apodere de mí, y probablemente te he asustado. Y Cal me estrangularía si me oyera decir estas cosas. Pero eres perfecta para él. No es difícil esperar lo mejor para los dos.

Ruby esbozo una media sonrisa sin saber qué decir. Era cierto que Maddy era una romántica incorregible. Era absurdo pensar que ella fuera perfecta para alguien. ¿Y para Cal? Lo dudaba.

La noche pasada, lo que había visto de su interior, oculto por la máscara de hombre encantador, carismático y seguro de sí mismo, la había conmovido. El niño obligado a guardar aquel horrible secreto la había enternecido. Le hubiera gustado abrazarlo, hacer trizas su férreo autocontrol. Sospechaba que era producto de una infancia desesperadamente insegura.

Cuando después él le había hecho el amor, con una pasión que los había consumido a ambos, ella, durante unos gloriosos segundos, se había engañado pensando que había sido algo más que sexo.

Sin embargo, aquella mañana, mientras estaba tumbada a su lado y lo observaba dormir, se había percatado de lo absurdo de esa idea.

Probablemente Cal también querría estrangularla si le pudiera leer el pensamiento. Los dos tenían muy claro que se trataba de una aventura sin consecuencias. La idea de que él la necesitara de algún modo había sido producto de su imaginación.

–No entiendo a mi hermano –dijo Maddy con tristeza.

–La misión de los hombres en esta vida es ser obtusos. Cal es igual que el resto de ellos –contestó Ruby tratando de quitarle hierro al asunto.

–No entiendo por qué trata de distanciarse de la familia y de mí –prosiguió Maddy–. Y por qué no intima con las mujeres con las que sale. Creo que está relacionado con nuestros padres y sus constantes peleas, pero no quiere reconocerlo.

–¿A qué te refieres? –Ruby se arrepintió de haberle hecho una pregunta tan directa. No debía prolongar la conversación. Era mejor dejar estar el pasado de Cal y las complejas emociones que había despertado en ella la noche anterior.

–Dice que no cree en el amor, que es algo que no existe –suspiró Maddy–. Pero pienso que no es verdad. No es que no crea en el amor, sino que no confía en él, o que le asusta confiar en él porque, si lo hiciera, está convencido de que acabaría atrapado en un desgraciado matrimonio como el de nuestros padres.

–Por lo que Cal me ha contado, no parece que tus padres se quisieran.

–No se querían –Maddy la miró con los ojos como platos–. ¿Te ha hablado de ellos?

Ruby palideció al darse cuenta de que se había vuelto a pasar de la raya.

–Un poco.

–Es increíble –la expresión de Maddy era de aprobación–. Un poco es más de lo que me ha contado a mí –iba a continuar hablando cuando desvió la mirada y se levantó de un salto–. ¿Qué haces, Mia?

–Me encantan las fresas, mamá –afirmó la niña

con la cara y las manos cubiertas del zumo de la fruta.

–Ya lo sé, pero no tenías que comértelas todas, cariño.

Ruby se echó a reír y ayudó a Maddy a limpiar el desaguisado. Tenía ganas de saber más de Cal, lo cual no era una buena señal. La curiosidad ya le había causado suficientes problemas.

Cuando Maddy tomó a Mia en brazos, la niña se retorció con furia y extendió los brazos mientras gritaba:

–Tío Cal, tío Cal.

Maddy la dejó en el suelo y Mia echó a correr a toda la velocidad que le permitían las piernecitas.

–Hola, Mia. ¿Cómo está mi niña? –Cal puso una rodilla en el suelo y agarró con torpeza a su sobrina mientras ella se lanzaba a sus brazos.

Mientras Mia no dejaba de hablar, le sonrió y le echó el pelo hacia atrás. Cuando la niña apoyó la cara en su cuello y él se levantó con ella en brazos, Cal miró a Ruby.

Sus ojos verdes brillaban con algo oscuro y peligroso, y tenía la mandíbula rígida.

Ruby tragó saliva. ¿Cuánto tiempo había estado en la puerta escuchando?

–Vuelvo ahora mismo, Mia –dijo Cal a su sobrina mientras se la pasaba a su madre–. Tengo que hablar con Ruby.

A esta se le pusieron los pelos de punta al oír la fría ira de su voz.

–En privado.

# *Capítulo Ocho*

–Suéltame, no voy a salir corriendo –dijo Ruby pacientemente mientras bajaban los últimos escalones de piedra que conducían a la playa.

Cal no había abierto la boca al salir por la puerta trasera de la casa y tomar el sendero del acantilado. Y ella no le había hecho preguntas porque era evidente que estaba molesto por lo que hubiera oído. Le había ofendido que estuvieran hablando de él.

Pero el sentimiento inicial de culpa de Ruby estaba desapareciendo rápidamente para dejar paso a la ira.

Cal la soltó, siguió andando a grandes zancadas y, por fin, se detuvo. Ruby se dio cuenta de que estaba algo más que molesto. Él siguió callado dándole la espalda.

–¿De qué querías hablarme con tanta urgencia? –le preguntó ella, incapaz de esperar pacientemente la explosión que se avecinaba. No le gustaba que le dieran órdenes.

Cal lanzó una maldición que se llevó el viento. Ruby se estremeció cuando se dio la vuelta y caminó hacia ella.

–No se te ocurra volver a hablar a mi hermana de mí –le dijo furioso.

Ella cruzó los brazos y esperó a que la indignación que sentía le aumentara el coraje.

–No me intimides, Cal –le advirtió negándose a acobardarse ante su malhumor.

–¿Que no te intimide? –se le acercó más y la agarró de la barbilla para obligarla a mirarlo–. Lo que me gustaría es ponerte sobre mi rodilla y darte unos azotes, así que estás saliendo bien librada.

Ruby apartó la cabeza.

–Y yo que creía que eras tan recto que no te gustaba el sadomasoquismo.

–¡Esto no es una broma, maldita sea! –exclamó él. El intento de ella de aliviar la tensión había fracasado estrepitosamente–. ¿Qué le has contado?

El barniz de la lógica y el comportamiento civilizado de Cal se habían resquebrajado. Ruby trató de entender la repentina explosión, de calmar los latidos de su corazón y de apaciguar el deseo que lanzaba chispas entre ambos como si fuera electricidad.

¿Por qué demonios estaba tan enfadado?

–¿Sobre qué?

–Sobre lo que te dije anoche; de lo que sabía sobre mi padre y sus amantes –le dijo gritando, pero ella vio en sus ojos, además de ira, pánico.

Sintió tanta ternura por él que le hizo daño.

–¿No se lo has contado a Maddy?

–Claro que no.

–¿Por qué no?

Él le dio la espalda y se metió las manos en los bolsillos. Habló con voz tensa.

–¿En qué estaría pensando para contártelo? –murmuró más para sí mismo que para ella–. Debo haber perdido el juicio.

–No le he contado nada, Cal –le puso la mano en la espalda. Experimentaba una abrumadora necesidad de tocarlo–. Pero tú deberías hacerlo.

Sintió que los músculos de la espalda masculina se tensaban.

Él se dio la vuelta riéndose.

–No sabes lo que dices.

–¿Cómo puedes pensar que fue culpa tuya?

–Cuando tenía catorce años, Maddy pilló a mi padre con su secretaria, lo cual estuvo a punto de acabar con ella –gritó–. Y eso fue culpa mía porque no pude frenar a mi padre, porque no se lo conté a mi madre y porque no le dije a Maddy cómo era él en realidad.

–No fue culpa tuya –gritó ella a su vez–. ¿No te das cuenta de que nada hubiera cambiado hicieras lo que hicieras? Hay cosas que no se pueden controlar por mucho que queramos. Tienes que contárselo a tu hermana, Cal.

–No voy a hacerlo, y tú tampoco. Solo serviría para abrir antiguas heridas que ya han cicatrizado.

–¿Cómo van a haber cicatrizado cuando tratas de no relacionarte con la única familia que tienes?

–No me refiero a mí. Yo no tengo heridas. Hablo de Maddy.

Se le daba muy bien hablar, era inteligente y analítico y, sin embargo, parecía imbécil cuando se trataba de las relaciones más sencillas.

Claro que tenía heridas. Ruby creía que más profundas que las de Maddy.

–Maddy es mucho más dura de lo que piensas –afirmó ella tratando de enfocar el problema desde otro ángulo–. No tienes que protegerla.

–¿Cómo lo sabes? ¿Porque habéis hablado diez minutos? –se burló él–. Creo que la conozco mejor que tú.

Ruby no hizo caso del desprecio que había en su voz.

–¿Cómo vas a conocerla si ni siquiera hablas con ella? –contraatacó ella–. Es una mujer fuerte y capaz que está creando un hogar y una relación amorosa. Si te sientes tan equilibrado, ¿por qué te asusta tanto formar parte de eso?

–No me asusta. Simplemente no quiero hacerlo.

–Claro que quieres.

Él lanzó un juramento.

–¿Te das cuenta de lo ridículo que resulta lo que dices? Si crees que un hogar y una familia son tan maravillosos, ¿por qué no los has formado?

Ella abrió la boca para contestar, pero la volvió a cerrar.

–No se trata de mí –dijo, por fin, tratando de parecer razonable y comedida, aunque ardía por dentro–. Se trata de ti y…

–Se acabó la conversación –la agarró de los brazos y la levantó hasta ponerla de puntillas.

La besó con tanta fuerza, desesperación y deseo que Ruby se sintió arrebatada.

El cerebro le indicaba que no sucumbiera al intento de él de hacerla callar, pero el corazón y las hormonas le indicaban otra cosa.

Se liberó de sus manos y le agarró la cabeza mientras abría la boca dejando que el deseo los consumiera a los dos. Se alimentó de la pasión masculina, de su furia, apretada contra la sólida prueba de su excitación.

A ella no le cupo duda alguna de que él trataba de castigarla con aquel beso, pero cuando, por fin, Cal alzó la cabeza, parecía aturdido y excitado, pero el ansia de agredirla había desaparecido.

–¿Por qué no haces nunca lo que se te dice? –murmuró mientras apoyaba la frente en la de ella y le acariciaba las nalgas.

–Porque sería muy aburrido.

Él se echó a reír.

–Ser aburrida es un defecto del que nadie podría acusarte.

La sugerencia implícita de que había otros defectos de los que sí podía ser acusada le molestó un poco a Ruby, pero la dejó pasar. Le tomó la cara entre las manos y lo miró a los ojos.

–Cuéntaselo, Cal. No dejes que el secreto se siga pudriendo –pensó en su propia familia y en cómo se había destruido–. Hazme caso, los secretos no son buenos.

Él suspiró.

–Lo tendré en cuenta.

Era una concesión, un compromiso. Tal vez hablara con Maddy o tal vez no lo hiciera. Pero Ruby había hecho cuanto estaba en su mano.

Se separaron. Ella se percató de la intensidad de sus emociones. Había algo inquietante en su deseo de ayudarlo, de comprender a aquel hombre duro e indómito.

Se había dejado llevar por el corazón y no lo lamentaba, pero debía empezar a usar la cabeza. Y alejarse de él para protegerse.

–Muy bien, hazlo.

Él le acarició la mejilla y le rozó los labios con el pulgar.

–Supongo que no hay ninguna posibilidad de que hagamos algo rápido en la playa... Para reconciliarnos como es debido.

La descarada sugerencia pretendía aligerar la tensión, pero a ella se le desbocó el corazón.

–He prometido a Maddy hacer *cupcakes* para acompañar la tarta –afirmó ella, resuelta a no prestar atención a la emoción que la atenazaba la garganta–. Y tengo por norma no hacer nada que pueda llenar de arena el sitio donde estoy, porque resulta muy difícil limpiarla.

Él sonrió, lo cual aceleró todavía más los latidos del corazón de Ruby.

«Recuerda que no se trata de una verdadera relación y que no quieres que lo sea», se dijo.

–Pero podemos dejarlo para otro momento –prosiguió ella–. Siempre que te acuerdes de traer la mordaza.

El sexo era sencillo, lo único que podía ofrecer a Cal sin complicaciones. Y era el único motivo por el que ella estaba allí.

Él se rio, mostrando su deseo y su aquiescencia. Ruby pensó que disfrutar de su aprobación se estaba convirtiendo en una adicción.

Agarrados de la mano volvieron a los escalones tallados en las rocas del acantilado y comenzaron a subirlos.

–Vamos –dijo él–. Nunca he estado en la fiesta de cumpleaños de un niño de tres años. Promete ser toda una experiencia.

Al sentir la calidez de su mano y al oír el tono de genuino afecto de su voz, Ruby trató de no hacer caso de la ternura que sentía ni del anhelo de algo que nunca había deseado y que se había apoderado de ella al entrar por vez primera en casa de Maddy.

Esas emociones carecían de importancia porque al día siguiente Cal y ella se separarían. Y todo lo que habían compartido caería en el olvido.

–Maddy, ¿tienes un minuto? –le preguntó Cal, contento de que su voz sonara segura. Era la última hora de la tarde y el sol estaba ya muy bajo. Hizo visera con la mano ante su reflejo sin saber qué lo había impulsado a salir de la casa al ver que su hermana estaba cuidando el jardín sin nadie alrededor.

En realidad, no tenía la intención de atender la petición de Ruby. Llevaba todo el día tratando de olvidar la conversación. Ruby no sabía lo que decía. Había que estar loco para hablar con su hermana de algo que llevaban años sin mencionar.

Pero Ruby lo había convencido de nuevo, a pesar de que la noche anterior se había jurado que no volvería a pasar. Había conseguido despertar algo en su interior al verla hablando con Maddy en aquel tono bajo y confidencial. Y aunque había logrado recuperarse, no conseguía restablecer su equilibrio emocional.

A medida que había avanzado el día, cada pequeño detalle lo había inquietado más: ver a su hermana dirigir la fiesta de cumpleaños con eficacia, serenidad y evidente alegría; ver que Ruby colocaba los *cupcakes* que había hecho en la mesa con gesto orgulloso; sujetar el cuerpecito de Mia en su regazo mientras ella soplaba las velas de la tarta...

Se había sentido un observador, un intruso en la celebración de su familia, como si le faltara algo en la vida, aunque sabía que no era así.

Pero por mucho que lo había intentado, no había conseguido eliminar el vacío que sentía en la boca del estómago, por lo que se había visto obligado a reconocer que tal vez Ruby tuviera parte de razón.

Le debía una disculpa a Maddy, no solo por su comportamiento de la noche anterior, sino por el de años, porque siempre le había resultado más fácil excluirla que aceptar la verdad: que le había fallado totalmente cuando eran niños.

Tal vez si consiguiera librarse de aquel peso las cosas volverían a ser como debieran.

–Desde luego –Maddy se puso de pie mientras se quitaba el barro de los vaqueros. Con la ropa de trabajo y su radiante sonrisa, parecía increíblemente joven y despreocupada, y le recordó a la bulliciosa niña a la que sus padres habían destrozado. ¿Cómo no se había dado cuenta hasta ese momento que casarse con Rye y formar una familia había traído de vuelta a aquella alegre niña y la había convertido en la persona que siempre había querido ser?

–Pero ¿puedo decir algo antes, Cal? –le tomó una mano entre las suyas y se la llevó a la cara–. Gracias por venir y por contribuir a la fiesta. Mia se lo ha pasado muy bien. Para ella ha sido muy importante que estuvieras aquí.

Cal se puso tenso al ver la emoción en sus ojos, y ya no estuvo seguro de si aquello era una buena idea.

–Sé que te sientes incómodo con nosotros –prosiguió Maddy–. Y lo siento. Espero que ahora te resulte más fácil venir cuando quieras. Pero voy a dejar de presionarte. Ven cuando te apetezca.

–No me has presionado, Mad –murmuró él empleando por primera vez en muchos años el apodo infantil–. Y no haces que me sienta incómodo. Lo consigo yo solo porque hay algo que tenía que haberte dicho hace tiempo y no lo he hecho.

Cal se lo contó, al principio incapaz de mirarla, dirigiendo la vista hacia el mar. Los detalles sórdidos, al enumerarlos con voz monótona, sonaban más feos y vergonzosos frente al olor a sal marina y a los hermosos colores del jardín.

Cuando hubo terminado, a Maddy se le escapó una lágrima que se secó rápidamente.

Se puso de puntillas, lo abrazó y lo besó en la mejilla.

–No debieras haber soportado esa terrible carga solo.

–No debiera habértelo ocultado –en aquel momento le pareció evidente. ¿Por qué no se había dado cuenta de lo que Ruby había detectado en un solo día?–. Ojalá te lo hubiera contado antes.

Maddy sonrió con dulzura.

–Yo también lo hubiera preferido, pero al fin lo has hecho –lo tomó del brazo y volvieron a entrar en la casa–. Dime, ¿ha tenido Ruby algo que ver en la decisión de decírmelo?

Él se encogió de hombros y volvió a sentirse tenso simplemente por oír su nombre.

Era la mujer más irritante, impulsiva e insensata que conocía. Entonces ¿por qué la deseaba tanto? ¿Por qué conseguía hacerlo explotar de furia cada vez que le llevaba la contraria? ¿Por qué perdía el autocontrol, que era la base de su cordura?

–No diré una palabra, porque puede utilizarse en mi contra.

Maddy le sonrió con tristeza.

–A veces te pasas de listo, Cal.

Él la tomó de la cintura y la apretó contra sí.

–Lo intento –afirmó él.

Le había dicho la verdad a Maddy. Pero ¿por qué no le parecía suficiente?

Al entrar en el salón con Maddy vio a Ruby charlando con Rye. Ella lo miró y él sintió, absurdamente, como si lo golpearan en el pecho.

«¡Maldita sea!», se dijo.

No había solucionado nada.

# Capítulo Nueve

–Maddy, Rye y Mia son maravillosos –murmuró Ruby mirando por el parabrisas del Ferrari. El verde y espectacular paisaje de Cornualles pasaba ante sus ojos y agudizaba aún más las emociones encontradas que experimentaba–. Gracias por invitarme. Me lo he pasado muy bien.

–Maddy y tú os habéis hecho amigas en seguida –comentó Cal–. Te ha invitado a volver en octubre.

Habló con brusquedad, y ella se preguntó si no la estaba censurando. ¿Le preocupaba que fuera a aceptar la invitación?

–Sí, ha sido muy amable. Pero no podré venir –dijo con firmeza–. En octubre tenemos mucho trabajo porque hay muchas fiestas de Halloween que atender.

Por mucho que lo deseara, no volvería a ver a Maddy. No era imbécil. ¿Y si Cal aparecía con otra mujer? Le resultaría muy violento.

–Entiendo –dijo él tras un largo silencio.

Ella sintió un nudo en la garganta, pero se lo tragó. ¿Qué esperaba? ¿Que él le hubiera pedido que fueran a verla juntos?

No iba a hacerlo solo porque la noche anterior le hubiera hecho el amor como si no pudiera prescindir de ella, ni porque ella hubiera observado su expresión de asombro cuando Mia lo había abrazado después de soplar las velas, ni porque lo hubiera visto entrar con Maddy con una expresión de liberación en el rostro, ni porque probablemente hubiera hablado con su hermana, como ella le había propuesto.

Aquello no significaba nada.

El sexo era lo que mejor hacían, por lo que el vínculo físico se había estrechado la noche anterior, que sería la última que pasarían juntos. Ella había descubierto un alma gemela en Maddy, y también le habían caído muy bien Mia y Rye, por lo que era lógico que se sintiera conmovida sabiendo que no volvería a verlos.

Eso nada tenía que ver con Cal ni con la ridícula esperanza que había nacido en ella durante la fiesta infantil y cuando se habían despedido de Maddy y de su familia: la de que hubiera la posibilidad de continuar la relación con Cal.

No, de ningún modo iba a contener la respiración esperando que él le pidiera que se volvieran a ver. No esperaba a que los hombres le pidieran una cita; lo hacía ella si quería. Y, en este caso, no era así. El fin de semana le había demostrado que podía quedarse colgada de Cal, lo que no era de extrañar, ya que sus habilidades y energía en la cama eran increíbles.

Tal vez hubiera descubierto cierta profundidad en él, una integridad emocional que no esperaba, y una sorprendente vulnerabilidad tras la fachada de hombre controlado. Pero eso no los hacía más compatibles que dos días antes. Cal no buscaba amor ni compromiso. Y ella no podía cambiar eso.

–¿Te importa que eche una cabezada? –le preguntó ella, deseosa de repente de dormir para olvidar. Quería dejar de pensar y de que su corazón dejara de anhelar cosas sin sentido.

–Claro que no.

Ella dejó vagar sus pensamientos con el deseo de quedarse dormida durante las seis horas de viaje. Se le llenaron los ojos de lágrimas, pero se las tragó.

«No pierdas de vista la realidad, Ruby», se dijo. «Recuerda que todavía no quieres lo que tienen Maddy y Rye porque no estás preparada. Y, desde luego, no lo encontrarías con alguien como Callum Westmore».

Cal llegó a la autopista y piso a fondo el acelerador. Quería que el viaje terminara lo antes posible. Si Ruby dormía durante todo el trayecto, cabía la posibilidad de llegar a Londres y despedirse de ella antes de cometer alguna estupidez.

Ruby y él no tenían futuro, ni siquiera a corto plazo. Así que su relación acabaría allí.

Era cierto que ella le había hecho ver cosas que debiera haber percibido años antes. Y tal vez la relación hubiera sido más intensa de lo habitual. Admiraba de ella su celo y su tenacidad, su forma de pensar y su negativa a recular. Pero nada de eso importaba a largo plazo, ya que no quería nada permanente en la vida. Y Ruby era de esas mujeres que, cuando se comprometían, no retrocedían. Tenía un gran corazón y desearía que la amaran con pasión, cosa que él no podía hacer.

Ese fin de semana, su vida había dado un importante giro. Se había visto obligado a enfrentarse a la verdad sobre sí mismo y sobre su pasado, y la experiencia lo había dejado con la emoción a flor de piel, algo a lo que no estaba acostumbrado. Por eso se comportaba irracionalmente.

Aspiró el aroma a vainilla que invadía el coche. Había algo en Ruby que lo volvía loco.

La única manera de detener aquella locura era dejarla marchar. Pero a medida que se acercaban a Londres notaba que su resolución se evaporaba y que solo le quedaba el orgullo. No podía pedirle a Ruby que continuaran porque eso le daría mucho poder sobre él. Y ya tenía demasiado.

Pero si era ella la que se lo pedía, o al menos le daba alguna señal de que lo deseaba tanto como él, podría establecer las condiciones y arriesgarse a seguirse acostando con ella un tiempo.

–¿Te subo la bolsa? –preguntó Cal mientras la sacaba del maletero y cerraba el capó con fuerza.

A Ruby el pulso se le aceleró.

–No hace falta, ya lo hago yo –agarró el asa con cuidado de no rozarle los dedos. Se apartó el cabello de la cara y le sonrió con lo que esperaba que fuera indiferencia.

–Me lo he pasado muy bien, Cal, pero estoy rendida.

Se dio la vuelta para que él no viera que se le estaban llenando los ojos de lágrimas. Se moriría antes de que la viera llorar, así que aceleró el paso. Cuanto antes se quedara sola, mejor.

–Espera un momento. ¿No me merezco un beso de despedida? –gritó él con brusquedad, sin su encanto habitual. El corazón le latía a toda velocidad y tenía un nudo en la garganta.

Ella se detuvo y se volvió.

–Prefiero pasar, gracias –sonrió forzadamente–. No quiero arriesgarme a que me vuelvas a hacer daño con la barba.

Se quedó paralizada mientras él la miraba durante lo que le pareció una eternidad. Le dolía la garganta de tratar de contener las lágrimas mientras intentaba cortar de raíz la esperanza que se había resistido a morir durante todo el viaje, la mayor parte del cual había fingido que dormía.

Él se encogió de hombros.

–Muy bien –se apartó del coche, lanzó hacia arriba las llaves y las recogió en la palma cuando cayeron–. Ya nos veremos, Ruby.

Se montó en el coche, arrancó y se alejó.

El corazón de Ruby explotó y las lágrimas le nublaron la vista.

¡Ay! –chilló Ruby al dejar caer de un golpe una bandeja de bases de *cupcakes* recién hechas.

–¿Te has hecho daño? –Bella se acercó a toda prisa.

Ruby negó con la cabeza mientras se chupaba la palma de la mano donde se había quemado y reprimía las ganas de gritar.

Habían pasado dos semanas desde que Callum y ella se habían despedido, pero esa mañana había tenido que enfrentarse definitivamente a la verdad mientras se levantaba casi arrastrándose tras otra noche en blanco.

Estaba obsesionada con la aventura de aquel fin de semana.

No podía haberse enamorado, carecía de toda lógica. Ya había estado enamorada, y no se parecía en nada a aquello. Amar era fácil, agradable, no requería esfuerzo ni sufrimiento. El extraño deseo de ver a Callum no era placentero, sino doloroso. Y no había podido suprimirlo a pesar de haberlo intentado con todas sus fuerzas.

Además, ella nunca había sido la que se enamoraba primero, porque era un estupidez. Y ella no era estúpida.

Pero si no era amor, ¿qué era? ¿Y por qué no conseguía superarlo?

Bella le agarró la mano y observó la línea roja.

–Es la tercera vez que te quemas esta semana.

–Ya lo sé –masculló Ruby mientras su amiga la llevaba al fregadero.

El agua fría le alivió el dolor. Pero no había nada que le aliviara el que sentía permanentemente en el pecho.

Su madre le había contado cómo se había enamorado de su padre. Había sido amor a primera vista, en Italia, cuando eran niños.

A Ruby, de pequeña, le había parecido muy romántico, y algo ridículo cuando era adolescente. Y después de la muerte de su madre y del derrumbamiento de la familia, comenzó a preguntarse si era verdad. ¿Cómo iba a haber querido su madre a su padre y haberse acostado con otro hombre?

En las dos semanas anteriores, desde que Callum y ella se habían separado, había estado pensando mucho en el relato de su madre. Podía ser cierto que uno podía enamorarse en unos minutos o en unos días, lo cual la llenaba de temor. No quería ser esclava de nadie de esa manera, totalmente y para siempre. En Cornualles le había dicho alegremente a Callum que el amor era importante, que era mucho más que el mero deseo, pero había dejado de sentirse tan despreocupada al respecto. ¿Y si el amor se apoderaba de ti sin que te dieras cuenta? ¿Y si no podías negarte a él?

Apartó esos pensamientos. Se estaba portando como una estúpida. La visita a Maddy había hecho que cayera en la cuenta de lo mucho que añoraba tener una familia. Había estado años negándose la necesidad de semejante vínculo duradero y amoroso porque tenía miedo de que le estallara en la cara, como ya le había sucedido. Pero viendo a Maddy y Rye merecía la pena arriesgarse. Y había trasladado a Cal su admiración por la pareja, su anhelo de tener la misma alegría que la de su vida en común.

Lo cual era totalmente comprensible.

La atracción que había sentido por él desde el primer momento; lo mucho que disfrutaba si gozaba de su aprobación; la excitación que experimentaba en su compañía y la sensación de conexión al descubrir una profundidad en él que no se esperaba… Todo ello lo convertía en el candidato perfecto para su recuperado deseo de formar una familia.

Pero a Callum Westmore no le interesaban ni la familia ni el amor. Él mismo se lo había dicho. Y teniendo en cuenta por lo que había pasado a causa de su padre, no era de extrañar que le resultara imposible confiar en alguien.

El problema era que, a pesar de saberlo, no podía apartarlo de su mente. Pasaba de un estado de euforia al pensar en él a otro de tristeza al pensar que no volvería a verlo. Y, mientras tanto, era incapaz de trabajar, de dormir o de comportarse como una persona normal. Y la empresa se estaba resintiendo a causa de ello.

No podía ponerse en contacto con él. ¿Qué le diría? ¿Que quería seguir con la aventura?, ¿Qué quería una relación con él? Callum le había dejado muy claro que no estaba dispuesto a ello. ¿Y cómo le explicaría lo que sentía por él cuando ni siquiera sabía explicárselo a sí misma?

Era obvio que tenía que tenía que librarse de aquello.

–¿Tiene algo que ver con ese tipo? –le preguntó Bella mientras le aplicaba pomada en la quemadura.

–¿Cómo lo has adivinado? –Ruby suspiró.

Había intentado que no se le notara y se había resistido a contárselo a Bella porque sería hacer más real su confusión. Y hasta esa mañana se había aferrado a la vaga esperanza de que lo que le sucedía era simplemente que añoraba el buen sexo.

Ya era hora de que dejara de engañarse.

Tal vez nunca pudiera olvidar a Callum del todo. La conexión sexual había sido muy intensa, lo cual no implicaba que siguiera obsesionada con él. Tenía un negocio que sacar adelante y una vida social agradable y feliz, que la llenaba y a la que quería volver sin aquella sensación de vacío y futilidad que experimentaba.

–¿Así que es el hombre de tu vida? –le preguntó Bella con admiración.

–Claro que no –replicó Ruby con brusquedad.

Solo habían pasado quince días. Se dijo que el absurdo deseo de volver a verlo y de conocer todas las facetas de su carácter desaparecerían con el tiempo.

Comenzó a trasladar la base de los *cupcakes* a otra bandeja. Tenía que sumergirse en el trabajo y dejar de pensar en Cal. Eso sería un buen punto de partida.

–¿Quieres hablar de ello? –le preguntó Bella en voz baja.

Claro que quería. Deseaba hablar de cada minúsculo detalle del tiempo que habían pasado juntos, incluso de las discusiones.

–No especialmente –respondió.

Al oír la campanilla de la puerta se le escapó el bollo que tenía en la mano. Trató de calmarse. Cal no iba a hacerle una visita, y ella no quería que lo hiciera. Bastantes problemas tenía ya para olvidarlo como para que se le presentara en la puerta.

–Voy yo –dijo Bella mientras le acariciaba suavemente la espalda.

Unos minutos después, su amiga volvió corriendo con una carta en la mano.

–Es una carta certificada para ti. Y es de él.

–¿Qué? ¿Cómo lo sabes?

Bella le entregó la carta.

–Porque tiene remite.

Ruby lo leyó con manos temblorosas.

–Ábrela.

Ruby rasgó el sobre con uno de los cuchillos de la cocina. Al abrir la carta se le cayó al suelo un papel más pequeño. Lo miró. Era un cheque de mil libras extendido a su nombre.

Después leyó la nota con el corazón latiéndole con tanta fuerza que apenas podía respirar.

*Ruby, lo pasamos bien hace dos semanas. Vamos a hacerlo otra vez.*

*Ponte en contacto conmigo.*

*Cal*

–¿Y ese dinero? –preguntó Bella.

Ruby hizo una bola con la nota y la tiró al cubo de la basura. Le parecía que le habían arrancado el corazón.

Durante unos segundos había creído que iba a suceder algo maravilloso. Pero había leído sus palabras secas y cortantes y había recibido el golpe del insulto que suponía pagarle. Y todo se había desmoronado y un pozo de desesperación se le había abierto en el interior.

Era mucho peor de lo que había imaginado. Había creído que, aunque a Cal ella no le importara lo suficiente como para plantearse una relación, se habían separado como amigos. Pero la nota le demostraba que solo había sido un cuerpo disponible y dispuesto, como las otras mujeres con las que él se acostaba y luego olvidaba.

El dolor que sentía se vio aplacado por la furia que se desató en su interior. Se metió el cheque en el bolsillo del delantal, descolgó las llaves del coche de un gancho que había al lado de los hornos y salió disparada.

—Ese dinero es para pagar el funeral de Callum Westmore.

# Capítulo Diez

Ruby fue primero a casa de Cal. Estuvo llamando al telefonillo un largo rato, por lo que tuvo tiempo de que la ira le secara las lágrimas. Ya lloraría más tarde, después de enfrentarse a él. Volver a verlo le resultaría duro, pero no tanto como permitir que las despojara de los últimos restos de orgullo y dignidad.

Ningún hombre entraba en su vida, salía de ella, la volvía loca y le daba el golpe de gracia cuando estaba por los suelos.

Se había inventado a un hombre que no existía: el niño sensible y traumatizado que se había convertido en un hombre con un rígido autocontrol que le impedía amar.

Había sido una ilusión provocada por el sexo, la emoción, la falta de sueño y su propia estupidez. Callum Westmore no era el ser problemático y atormentado que creía haber descubierto.

Ella era impulsiva, apasionada e insensata, y él había sabido aprovecharse de ello ofreciéndole una estupenda experiencia sexual.

Apretó el cheque en el puño y volvió a pulsar el botón del telefonillo, dispuesta a arrojárselo a la cara cuando le abriera la puerta.

Pero no la abrió.

No estaba en casa.

En el membrete de la nota aparecía la dirección de un bufete de abogados en Lincoln's Inn, en el centro de Londres. Ruby hizo señas a un taxi para que parara.

Como era viernes por la mañana, Cal probablemente estuviera trabajando, Ruby no estaba en condiciones de conducir y necesitaba calmarse para enfrentarse a él y decirle por dónde se podía meter su insultante propuesta.

Tardó unos minutos en localizar el bufete de Cal. Entró en una gran sala llena de hombres trajeados y se dirigió a un joven que estaba sentado en un escritorio tras un montón de carpetas.

–Quiero ver a Callum Westmore.

El hombre la miró de arriba abajo y, entonces, Ruby se dio cuenta de que todavía llevaba el delantal manchado de harina.

–Tiene que concertar una cita.

–¿Está aquí?

–Está en los tribunales –el hombre miró el reloj–. Y tiene otro caso a las doce. No podrá verla hoy.

–¿Podría llamarlo y decirle que Ruby Delisantro lo espera? Es personal.

Comenzó a ponerse histérica al pensar que no tenía forma de localizarlo. ¿Cómo podía significar tanto para ella cuando ni siquiera tenía su número de teléfono? Le entraron ganas de salir corriendo porque, de pronto, se sintió insegura y confusa.

¿Qué hacía allí? ¿Qué esperaba conseguir? ¿No era todo aquello una excusa para volver a verlo? ¿Qué había sido de la mujer inteligente y segura de sí misma que creía ser?

El hombre no dejó de observarla mientras hablaba por teléfono.

–Si es tan amable de esperar allí –dijo mientras le indicaba dos sillones es un rincón– llegará enseguida.

Con el corazón latiéndole a toda prisa, Ruby se situó cerca de los sillones y observó una pesada puerta de roble que había a su lado, consciente de que todas las miradas convergían en su espalda. Era evidente que aquellos hombres no estaban acostumbrados a la presencia de una pastelera furiosa al borde de un ataque de nervios.

Cal entró unos segundos después. La toga resaltaba su altura. Sus ojos verdes se clavaron en ella.

–¿Ruby?

Sus labios se curvaron en una sensual sonrisa mientras se aproximaba.

–Me alegro de verte.

Ruby tomó aire.

¿Cómo podía continuar siendo tan vívido el recuerdo de aquellos labios en los suyos, el de sus largos dedos acariciándole la piel ardiente? ¿Cómo recordaba todavía la forma exacta de su barbilla, el verde de sus ojos, el olor de su champú? ¿Cómo seguía derritiéndose al oír su voz? Se metió la mano en el bolsillo del delantal antes de ceder a la tentación de hacerlo en su cabello, sacó el cheque y se lo arrojó.

–He venido a devolvértelo.

Cal enarcó una ceja y se inclinó a recoger el papel arrugado.

–¿Por qué?

–Porque no soy tu prostituta, por eso –le espetó ella con calma y claridad, a pesar de que apenas podía respirar.

Él enarcó la otra ceja.

–¿Cuándo he dicho que lo fueras?

–¿Por qué me das ese dinero? ¿Por los servicios prestados?

En lugar de parecer culpable o avergonzado, la agarró del brazo.

–Vamos arriba, antes de que pierda lo que me queda de reputación.

Mientras salían de la sala, ella oyó los susurros y percibió las miradas ávidas de curiosidad. Pero le dieron igual. Comenzaron a subir unas escaleras. Ella se desprendió de la mano de Cal y se volvió hacia él.

–¿Hablas de reputación? –lo empujó con la mano–. ¿Qué hay de la mía? Me quieres pagar por haberme acostado contigo. ¿O es un soborno para que vuelva a hacerlo?

Cal, irritado, lanzó un juramento.

–¿Por qué siempre lo complicas todo? –antes de que ella pudiera reaccionar, la agarró por la cintura y se la echó al hombro.

–¡Para! ¡Bájame! –Ruby comenzó a darle patadas y a forcejear.

Él le sujetó las piernas, sin hacer caso de sus protestas, y continuó subiendo.

–Cállate, Ruby, y deja de pegarme o me daré el gusto de darte unos azotes.

Tras recorrer una largo pasillo, entró en una de las salas del final y la tiró sin miramientos en un sillón.

Ruby se agarró a los brazos del mueble, dispuesta a ponerse en pie de un salto, pero él se situó frente a ella y le sujetó las manos.

–El dinero era por los daños que le hice a tu coche –dijo él en voz baja e irritada.

–¿Mi…? ¿Qué…? –se echó hacia atrás al tiempo que su espíritu de lucha se evaporaba.

–Tu coche –él se incorporó–. Habíamos acordado que te pagaría por los daños.

–Pero solo eran doscientas libras –murmuró ella mientras se sonrojaba hasta la raíz del cabello. ¿Qué había hecho?–. Mil libras es demasiado.

–Pues devuélveme el cambio –Cal cruzó la habitación y miró por la ventana–. ¿Tienes idea de lo que le gusta cotillear a los empleados de este edificio? –murmuró–. Les acabas de ofrecer suficiente conversación para un mes.

Ella se sintió avergonzada por lo que le había dicho en el piso de abajo.

–Voy a explicárselo.

Se levantó. Le temblaban las piernas y se sentía más insegura que nunca. ¿Por qué se había apresurado a sacar conclusiones? ¿Qué se había apoderado de ella para entrar allí de aquella manera y acusarlo?

Él se volvió hacia ella.

–Olvídalo. Soy tan culpable como tú. Debía habértelo explicado en la nota.

Pero no era culpa suya, sino de ella. Y ya sabía por qué: porque había hecho algo impensable, algo que le había parecido imposible. No se trataba de una adicción ni de una fijación. Cal significaba mucho más para ella. Y había querido verse correspondida.

Se dirigió a la puerta.

–¿Adónde vas?

–Me marcho.

–De ninguna manera.

Ella le oyó acercarse a la puerta y vio que ponía la mano en el picaporte.

–No te vayas –la agarró por la cintura y atrajo su espalda hacia su pecho. La abrazó–. Te he echado de menos, Ruby –murmuró. El aliento le rozó la nuca–. A pesar de que eres la mujer más conflictiva que conozco.

Ella se estremeció ante la desesperada necesidad de que hablara en serio.

–Y puesto que has venido hasta aquí –prosiguió él besándole la oreja– podemos aprovechar la oportunidad.

–Para –le puso las manos en las suyas e intentó apartárselas, pero sus fuerzas la habían abandonado–. No he venido para esto.

–¿Ah, no? –le mordisqueó el lóbulo y Ruby volvió a estremecerse.

Lanzó un gemido lleno del deseo que con tanto ahínco había tratado de ocultar, de fingir que no existía.

–No puedo –mintió, pues quería más, mucho más. ¿Era posible que él también lo deseara?

–Claro que puedes –susurró Cal–. Lo deseas tanto como yo.

A Ruby se le endurecieron los pezones cuando le acarició los senos. Se dio la vuelta en su brazos y le agarró la cara. No podía esperar ni detenerse a pensar. No se trataba de sexo. No era eso.

–Hazme el amor –susurró ella mientras renacía con ímpetu la esperanza que había mantenido a raya.

Cal apartó de un manotazo los libros que había en el escritorio, que cayeron a la alfombra con un estrépito semejante al de los latidos del corazón de ella cuando la sentó sobre la superficie de caoba y se colocó entre sus piernas.

Ruby le agarró los pantalones para quitárselos antes de que recuperara la cordura. Él lanzó un juramento en voz baja.

La profunda embestida de él la obligó a tumbarse y arquear la espalda. Gimió y sollozó porque la penetración había sido inesperada. Él la agarró por la cadera y le buscó el clítoris. Mientras la acariciaba comenzó a moverse penetrándola cada vez con mayor profundidad. Ella alcanzó el clímax a gran velocidad y, escondiendo la cabeza en el cuello masculino, se aferró a sus hombros.

Él gritó al experimentar su propia liberación.

El jadeo de ambos se asemejaba al disparo de un cañón en el silencio del despacho. Ruby experimentó un enorme sentimiento de vergüenza mientras percibía el mohoso olor a sexo y él seguía aún erecto en su interior.

Los ojos se le llenaron de lágrimas y cerró los puños.

¿Cómo algo que le había parecido tan puro y perfecto unos segundos antes podía transformarse de repente en algo sórdido? Se hallaba sentada en el escritorio de Cal, con la falda enrollada en la cintura y las piernas alrededor de sus caderas. Sintió náuseas ante su equivocación.

¿Se habría sentido así su madre al traicionar a su padre?

En su desesperación porque Cal la amara, había demostrado justamente lo contrario: que lo único que compartían era el sexo.

Se secó las lágrimas antes de que él las viera.

–Tengo que irme.

Él alzó la cabeza y le acarició las caderas. Sus pupilas aún mostraban excitación.

–Perdona, no ha sido muy refinado. ¿Estás bien?

–Levántate para que pueda irme –dijo ella. Lo único que le faltaba era que él se mostrara amable.

Él salió de ella y ella se incorporó, con las braguitas rotas y un residuo pegajoso entre las piernas. Se estiró la falda y se tragó los sollozos.

Se dirigió a la puerta mientras oía que él se subía la cremallera.

–Ya nos veremos, Cal.

–Espera un momento –la agarró en la puerta.

Ella se mordió el labio inferior para que le dejara de temblar.

–Tengo trabajo.

–No vas a ir a ningún sitio. Tenemos que hablar de lo que acaba de suceder y de qué vamos a hacer a partir de ahora.

–Estoy bien, y no hace falta que hablemos –preferiría morir a hacerlo–. Esto se ha terminado. No vamos a hacer nada.

Él le examinó el rostro.

–No estás bien, y tenemos que hablar. Y no me digas que no tenemos futuro porque acabamos de demostrar que falta mucho para que esto termine.

Sonó un teléfono.

–¡Maldita sea1 –exclamó él. Sin soltarla, descolgó el auricular con la otra mano.

Tras una breve conversación, colgó de un golpe.

–Tengo que marcharme. He de estar en el tribunal dentro de diez minutos. Pero tú te quedas. Le diré a Terry que te suban un café, un té o lo que quieras. Tardaré un cuarto de hora, veinte minutos como mucho. Hablaremos cuando vuelva.

Por la expresión rígida de su rostro, Ruby supo que no merecía la pena discutir. Además, tampoco tenía la energía suficiente para hacerlo.

–No puedo esperarte mucho.

Él frunció el ceño.

–Lo digo en serio, Ruby. Espero que estés aquí cuando vuelva.

Ella asintió.

–Ya lo sé.

Mientras él salía del despacho, Ruby pensó que era lógico que Cal lo esperara, ya que llevaba toda la vida controlando que sus emociones no arrollaran su sentido común.

Por desgracia, ella sabía que no era capaz de hacerlo.

Garabateó una nota y la dejo en el escritorio, el mismo en que había ofrecido su corazón a Cal y él ni siquiera se había percatado. Cinco minutos después se marchó.

El ritmo de la salsa llenó de energía a Ruby mientras su amigo Dan la hacía girar, pero no pudo disminuir el estado de aturdimiento en que se hallaba después de haberse pasado la tarde llorando. Surgió en su mente la imagen de Cal cuando lo había visto por última vez y falló al dar el paso. Su cadera chocó con la de Dan y este se detuvo.

–Maldita sea, Ruby, me estás estropeando el baile.

–Lo siento, Dan, no estoy muy inspirada esta noche –gritó ella para hacerse oír por encima de la música. Le dolía mucho la cabeza.

No debiera haber ido a Sol's. El lugar le traía muchos recuerdos. Pero cuando Dan había telefoneado, se le había ocurrido la estúpida idea de que necesitaba salir.

Cal no la había llamado, y no esperaba que lo hiciera después de la nota que le había dejado. Pero, al sonar el teléfono, el corazón le había dado un vuelco y le había renacido una brizna de esperanza, por lo que se había convencido de que debía dar el primer paso para recuperarse esa misma noche. Y Dan era perfecto para hacerlo. Eran muy buenos amigos desde hacía años.

Tenía que dejar de compadecerse de sí misma. Al final, el amor la había atrapado. Y le estaba bien merecido porque llevaba años tonteando con él pensando que era demasiado inteligente para caer en una trampa de la que no pudiera salir.

Pero cuando había creído que estaba enamorada no había resultado cierto. Se había engañado sobre la profundidad de sus sentimientos porque le gustaba el romance, el dramatismo y la compañía. Pero ya había comprendido que el verdadero amor era el que había entre Maddy y Rye, el que había habido entre sus padres. Y suponía arriesgarse y entregarse generosamente sin tener garantía alguna de ser correspondido.

Siempre había reprochado a su madre que le contara a su padre su aventura y quién era el padre de Nick. ¿Por qué no se había llevado el secreto a la tumba? Pero en aquellos momentos se daba cuenta del valor que había tenido su madre y de cuánto se había arriesgado al guardar el secreto todo el tiempo que lo había hecho. Durante todo su matrimonio había llevado el peso de la culpa, lo cual le había impedido querer a su hijo. Y había cargado con él por amor a su marido. No se estaba protegiendo a sí misma, sino a él. Pero al final, destrozada por el cáncer, le había sido imposible seguir soportando aquella carga.

El amor había que ganárselo, y ella no lo había hecho porque nunca se había arriesgado.

Era paradójico que hubiera sido Cal quien hubiera descubierto la verdad al preguntarle, aquel día en playa, por qué no había formado una familia.

Era mala suerte que al decidir arriesgarse y enamorarse de verdad lo hubiera hecho de un hombre que no estaba dispuesto a corresponderla.

–Me parece que te pasa algo más, Ruby –afirmó Dan. La tomó de la mano y la sacó de la pista–. Siéntate –añadió cuando llegaron a la mesa.

Ruby se dejó caer sobre una silla.

–¿Qué sucede? –le preguntó su amigo con expresión preocupada.

–Nada, solo es que estoy…

–Oye, ¿no es ese el tipo guapísimo con el que estuviste aquí hace dos semanas? –Dan saludó con la mano a alguien detrás de ella.

Ruby lo agarró de la muñeca y le bajó el brazo, pero ya era demasiado tarde. Miró por encima del hombro y comprobó, horrorizada y esperanzada, que Cal avanzaba hacia ellos entre la multitud.

Sintió pánico. No estaba preparada para eso.

–Tengo que irme.

Sin hacer caso de las protestas de Dan, agarró el bolso y corrió.

Sin mirar atrás, se abrió paso entre la multitud y

salió a un balcón. Se dio cuenta de su error: por allí no había salida.

Sintió pasos a su espalda. Agarró el bolso con las dos manos, incapaz de darse la vuelta.

—No vas a ir a ningún sitio, Ruby, así que será mejor que hablemos.

El sonido de su voz, bajo y ronco, la obligó a volverse. Él se sacó del bolsillo de los vaqueros la nota que le había dejado aquella tarde.

—Puedes empezar explicándome qué significa esto —añadió él.

Ella se estremeció a pesar de que la noche era cálida. No podía derrumbarse en aquel momento. El orgullo era lo único que le quedaba.

—Significa exactamente lo que pone.

Él la abrió y la leyó en voz alta:

*No tenemos nada que decirnos, Cal. Nos hemos divertido, pero se ha acabado. No vuelvas a ponerte en contacto conmigo.*

Ella se puso en tensión y rogó que no se le acercara más para que no viera cómo le temblaban las manos.

—Eso es.

El avanzó un paso; ella retrocedió.

—¿Llamas diversión a lo que ha pasado en mi despacho esta tarde?

El corazón a Ruby le dio un vuelco. Se mordió los labios con fuerza para dejar de temblar. Y asintió mientras se le llenaban los ojos de lágrimas.

–Yo diría que fue mucho más –prosiguió él avanzando otro paso–. ¿No te parece?

Ruby chocó con la barandilla del balcón. Negó con la cabeza y contuvo un sollozo. ¿Por qué le hacía eso?

Pero el rostro de él no expresaba desafío ni superioridad, sino confusión.

Él le puso la mano en la mejilla, pero ella se apartó con un gesto brusco.

–No me toques.

–¿Por qué no?

–No puedo seguir así –murmuró ella.

Él se metió las manos en los bolsillos.

–¿Por qué no?

Ella negó con la cabeza furiosamente mientras las lágrimas se le deslizaban por las mejillas.

Era evidente que la naturaleza lógica y desapasionada de Cal exigía la solución del problema. Pero ella no iba a dársela, ya que destruiría su última defensa.

–¡Por Dios, Ruby! ¡Estás llorando! –parecía horrorizado–. ¿Qué te pasa? –la agarró por la barbilla para levantarle la cabeza–. Tienes que decírmelo para que lo solucionemos.

–No podemos hacerlo. Tengo que solucionarlo sola.

–¿Por qué?

–Porque me he enamorado de ti y sé que no puedes corresponderme.

Él no respondió y le apartó la mano de la cara.

Cal masculló una maldición.

Ella se obligó a alzar la barbilla y se secó las lágrimas.

–No pasa nada, Cal. No tienes que decir nada.

Él la miró a los ojos.

–¿Por qué crees que me quieres? –le preguntó. Parecía aturdido.

Ella sonrió y le acarició la mejilla. Había dicho demasiado. Tenía que salir de allí y llegar a su casa para lamerse las heridas al menos con un poco de su dignidad intacta.

–No te preocupes, tipo duro –le dijo con desenfado y fingiendo magistralmente–. No eres el primero ni, desde luego, serás el último.

Echó a andar, pero él la agarró por la muñeca.

–No te vayas así, Ruby –vaciló y, por primera vez desde que se habían conocido, ella se dio cuenta de que no sabía qué decir–. No era mi intención... ¿Podemos hablar, por favor?

Ella se obligó a sonreír, pero no consiguió mirarlo a los ojos.

–No seas tonto. No es para tanto –se soltó de su mano–. Lo superaré. Siempre lo hago.

Mientras se marchaba llorando de forma irrefrenable le oyó susurrar una maldición.

# *Capítulo Once*

Cal daba golpecitos con la pluma en el escritorio mientras las palabras de la declaración del testigo que estaba leyendo bailaban ante sus ojos. No podía estarse quieto.

–¿Quiere que hable con Brady sobre el testigo del caso Carvelli?

Cal miró a Terry, su asistente.

–¿Cómo?

–El testigo del caso Carvelli –Terry indicó con un gesto el documento que Cal tenía en la mano–. El testigo cuya declaración lleva leyendo veinte minutos.

Cal tardó unos segundos en responder.

–No.

Dejó el documento en el escritorio y contuvo el aliento.

Lo invadió una serie de imágenes, sonidos y sensaciones, lo cual le había sucedido con frecuencia la semana anterior.

Los senos llenos de Ruby elevándose y descendiendo bajo el delantal, sus suaves sollozos al lado de su oído, su cuerpo aferrado en torno al suyo mientras él alcanzaba el orgasmo… Todo ello envuelto en olor a bizcocho, glaseado y sexo.

–Lo haremos mañana, Terry –se tiró del cuello de la camisa como si lo ahogara.

Terry lo miró durante unos segundos.

–Pero el juicio empieza mañana y no hemos…

–Ya lo sé. Ya me las apañaré.

Terry asintió lentamente, recogió sus papeles y se fue. En cuanto salió, Cal lanzó la pluma al suelo.

–¡Diversión! –la palabra rebotó en las paredes llenas de libros encuadernados en piel–. ¿Qué demonios tiene que ver la diversión con eso, Ruby.

«Fantástico», pensó. «Ahora hablo solo».

Llevaba tres semanas, desde la vuelta de Cornualles, pensando solo en una mujer, y se había dado cuenta de que era incapaz de hacer nada más. Ruby Delisantro había hecho trizas su capacidad de concentración y su vida ordenada. Y tenía el valor de llamarlo «diversión».

Lo que habían compartido no había sido una mera diversión. Al menos, no para él. Y, desde luego, tampoco para ella a juzgar por su aspecto la última vez que la había visto.

Entonces, ¿por qué lo había escrito en la nota?

Cal hizo una mueca. Tal vez porque él había hecho lo mismo en la suya.

Se levantó, se aflojó la corbata, se desabrochó los dos botones superiores de la camisa y fue a mirar por la ventana.

Nada de lo sucedido durante el tiempo que habían pasado juntos tenía sentido.

Por ejemplo, ¿por qué había tanta química sexual entre ambos cuando ella no era su tipo? ¿Por qué Ruby lo removía por dentro como ninguna otra mujer? ¿Cómo había podido, solo en un fin de semana, minar su estabilidad y sus certezas y hacer que pusiera en tela de juicio todo lo que daba por sentado? ¿Y por qué su declaración de amor lo había aterrorizado menos que su afirmación posterior de que lo superaría sin problemas?

Lanzó una maldición, apoyó el brazo en el cristal y la frente sobre él.

Había pasado una semana decidido a no ir en su busca, a no sucumbir al deseo de prometerle lo que quisiera con tal de recuperarla.

No solía hacer promesas porque temía no poder cumplirlas. Pero era evidente que mantenerse alejado de ella había dejado de ser una opción, ya que la necesidad de verla lo estaba trastornando. Y no solo debido a que deseara volver a abrazarla, a acariciarla, a explorar su cuerpo y a aprovechar la atracción sexual que había entre ambos. Querer verla de nuevo por el sexo hubiera sido demasiado sencillo.

Y nada lo era con Ruby.

No quería verla por eso, aunque había intentado convencerse de ello al escribirle la nota. Y después, en su despacho, la había penetrado con tanta delicadeza como un elefante.

Se irguió y expulsó el aire de los pulmones.

La verdad era que quería mucho más de Ruby. Quería estar con ella, hablarle, aspirar su aroma a vainilla y averiguar todo sobre ella.

Sentía curiosidad por su pasado, su presente y todos los detalles de su vida que la habían convertido en la mujer fuerte, desafiante y capaz, pero afectuosa, que era.

Frunció el ceño al darle la luz del sol en los ojos. Era una locura romántica como las que siempre había despreciado, pero no podía librarse de la convicción de que existía un vínculo entre ellos, de que tenían mucho que descubrir el uno del otro, de que lo suyo no había terminado, sino que acababa de comenzar y de que, por primera vez en su vida, quería hacer una promesa. A Ruby, solo a ella.

«¡Maldita sea!», se dijo. «¿A qué esperas?».

Cruzó la habitación y agarró la cartera y las llaves del coche. Mientras salía disparado hacia el pasillo pensó que había desperdiciado una semana. No le importaba lo que dijera Ruby ni lo que deseara. Ella lo quería, se lo había dicho. Pues tendría que atenerse a las consecuencias.

No iba a olvidarse de él porque no se lo iba a consentir.


–¿Por qué no ponemos el doble de los de chocolate y eliminamos los de café? –Ruby marcó los cambios en la hoja de pedido–. No hay problema, Jamie. Estamos para complacer a los clientes –soltó una risa forzada cuando el joven ejecutivo le propuso una cita y lo rechazó, como hacía siempre. Pero el flirteo de Jamie no le causó el placer de otras veces. Se despidió de él y colgó el teléfono.

–Es increíble lo pesado que es ese tipo –dijo Bella–. Ya podía haberlo entendido.

Tal vez lo hubiera hecho, pensó Ruby mientras se masajeaba el cuello dolorido, si ella no lo hubiese incitado porque le gustaba tanto flirtear como a él. Pero lo que en aquel momento deseaba era no volver a hablar con un hombre en su vida, ya que no quería estar con otro que no fuera Callum y, por desgracia, él no era de la misma opinión. Suspiró y agarró el delantal, colgado de una percha al lado de la cocina.

—Ya es hora de olvidarlo —masculló con cansancio.

—Date tiempo, Ruby. Solo ha pasado una semana. Lo superarás.

Ruby sonrió levemente.

—Bien dicho —pero, por desgracia, sabía que no olvidaría a Cal.

Se había enamorado de verdad, y sería para siempre.

Sonó el timbre de la puerta.

—Voy yo —dijo Bella mientras salía de la cocina.

Ruby fue a por unas tabletas de chocolate.

—No puede entrar. ¿No le parece que ya la ha trastornado bastante?

Al oír el grito de Bella, Ruby se volvió.

Y el chocolate se le cayó al suelo.

—¿Qué haces aquí? —preguntó en voz baja, tan sorprendida al ver a Cal que las piernas comenzaron a temblarle.

—Le he dicho que no podía pasar —afirmó Bella con indignación.

—Estoy aquí para que hablemos, quieras o no

–dijo Cal con firmeza mientras cruzaba la cocina a grandes pasos.

La agarró del brazo justo cuando le iban a fallar las piernas.

–No puede hablarle así…

–No pasa nada, Bella –la interrumpió Ruby–. ¿Nos dejas solos?

–Si es lo que quieres –Ella miró a Cal con furia–. Estaré en la recepción, por si me necesitas –añadió antes de marcharse.

–Suéltame –dijo Ruby con una calma extraña teniendo en cuenta la histeria que se estaba apoderando de ella.

Él la soltó.

Le dejaría decir lo que quisiera para que se marchara.

–¿De qué querías hablarme?

–Como si no lo supieras –la furia de su voz igualaba la de sus ojos–. No puedes entrar en mi vida, hacer que explote como una bomba atómica y después marcharte para que sea yo quien recoja los pedazos.

La espalda de ella chocó con la encimera. Le puso las manos en el pecho, pero en lugar de empujarlo para que no se le acercara más, lo agarró de la camisa.

–No sé de qué me hablas –le aseguró llena de pánico y esperanza a la vez.

–Te lo voy a explicar –la agarró por la cintura y la sentó en la encimera.–. No vas a olvidarme, Ruby, porque yo no voy a olvidarte.

–¿Qué intentas decirme? –susurró ella, más esperanzada que asustada.

Él suspiró, echó la cabeza hacia atrás y maldijo mirando al techo.

Ella le puso la mano en la mejilla para hacer que la mirara.

–Ahora no puedes detenerte, Cal.

–Lo que quiero decir es que eso de enamorarse parece contagioso –afirmó él con una sonrisa irónica–. Y que tal vez debiéramos intentarlo juntos, a ver adónde nos lleva.

Ella lo miró con los ojos llenos de lágrimas.

–No bromees, porque no tiene gracia.

El negó con la cabeza mientras la agarraba por las caderas y la atraía hacia sí.

–Ruby, ¿a cuántas mujeres crees que le he dicho eso? –la besó en los labios–. Con esto no bromeo –le acarició la mejilla y la miró con ternura–. Me vuelves loco.

–Espero que sea para bien –replicó ella al tiempo que el amor florecía en su interior.

–Y me has vuelto la vida del revés, hasta el punto de que no quiero volver a la vida ordenada que llevaba antes –afirmó él con tanto afecto que ella sintió que se derretía. Él le acarició el cuello y la clavícula–. Y has conseguido que me dé cuenta de la verdad.

–¿Qué verdad?

Cal resopló y apartó la vista.

–Crei que era como él, que tenía su misma debilidad, su misma incapacidad de ser fiel. Y que la mejor manera de no incumplir una promesa era no hacerla.

–Pero eso es una locura. No te pareces a tu padre en absoluto –observó ella, perpleja de que se conociera tan poco a sí mismo–. Eres la persona más honrada que conozco.

–Si tú lo dices… Pero no se trata de eso. No tiene que ver con él, sino conmigo. He sido un cobarde y no he confiado en nadie para no correr el riesgo de que me hicieran daño.

Ella sonrió.

–¿Y todo eso que decías de que el amor solo era una palabra?

–Eran tonterías, evidentemente. Gracias por recordármelo.

Ella se echó a reír y él la acompañó.

–¿Estás seguro? –preguntó ella al tiempo que lo abrazaba, libre de la angustia y la confusión y llena de amor y deseo.

–Puedo jurarlo, si quieres –afirmó él con seriedad mientras le acariciaba la espalda.

–Resulta tentador pero te prevengo que puedo usarlo en tu contra más adelante.

–Puede usarme cuanto quiera, señorita Delisantro –dijo él riéndose. La agarró por las caderas y la apretó contra la prueba de su amor y su deseo–. De hecho, confío en ello.

–Usémonos mutuamente –susurró. Y lo besó largamente en los labios.

Él le atrapó la boca para cerrar el trato.

Y el corazón de Ruby cantó victoria.

# Epílogo

–Ruby, gracias por la torre de *cupcakes*. Es fantástica. Todo el mundo habla de ella –Maddy sonrió mientras se balanceaba del modo inconsciente en que lo hacen las madres cuando un recién nacido duerme sobre su hombro–. Ya he tenido que dar tus datos a cuatro personas. Es una obra de arte.

–Pero, por suerte, comestible –Ruby devolvió la sonrisa a la mujer que se había convertido en su mejor amiga.

Puso la mano en la espalda del joven Daniel Callum King y aspiró el olor a talco y leche. El bebé se removió al sentir su mano y ella pensó: «Quiero un hijo de Cal. Estoy preparada».

–¿Cómo está tu obrita de arte? –añadió.

Cal la tomó por la cadera y la atrajo hacia sí.

–Creo que tu hijo va a ser una estrella de rock, Maddy –dijo él riéndose–. A juzgar por todo lo que ha cantado en la iglesia.

–Muy gracioso –su hermana soltó una risita–. Rye dice que ha debido dejar sordo al cura, que, de entrada, no oye mucho.

–Tiene buenos pulmones –afirmó Cal.

Ruby los escuchaba gastarse bromas. Su relación se había estrechado mucho en los meses anteriores.

La distancia entre los hermanos había desaparecido. Cal y ella iban a Cornualles con frecuencia. Rye estaba enseñando a su cuñado a surfear y este había adoptado el papel de tío con sorprendente entusiasmo, aunque la primera vez que Ruby y él se habían quedado cuidando a Mia no había sido precisamente un éxito: la niña les había impuesto su santa voluntad, y cuando Maddy y Rye volvieron no habían conseguido acostarla.

–Voy a comprobar cuánto queda de la torre para añadir más pasteles si es necesario.

–¿Quieres que te ayude? –le preguntó Cal acariciándole la cadera.

–No, no tardaré –respondió ella, ansiosa de quedarse a solas para pensar.

Como la fiesta por el bautismo del bebé estaba en pleno apogeo y había unos cincuenta invitados bebiendo champán, tomando canapés caseros y gozando del buen tiempo primaveral, Ruby tardó en abrirse paso y llegar a la cocina.

Decidió hacer una lasaña vegetal. Reunió los ingredientes, se puso el delantal y comenzó a prepararla. Cuando la fiesta acabara, solo quedarían Cal, Maddy, Rye, los niños y ella, y dudaba que alguien hubiera pensado en qué cenarían.

Cocinar también le serviría para reflexionar sobre lo que la preocupaba.

Se estaba portando como una tonta. Se había emocionado al ver a Cal abrazando al bebé aquella mañana mientras ella y él pronunciaban los votos como padrinos del niño.

La extraña mezcla de envidia, esperanza y desesperación era simplemente una necesidad biológica que llevaba tiempo sintiendo y que se le había descontrolado ese día. Le había resultado duro ver cómo se llenaba el cuerpo delgado de Maddy. Pero dos semanas antes, cuando Cal y ella habían llegado al hospital, justo después del nacimiento de Danny, su necesidad había empeorado. Tuvo que morderse la lengua para no decirle a Cal nada esa noche, cuando estaban abrazados y riéndose de algo que Mia había dicho sobre su hermanito.

Mientras cortaba metódicamente las hortalizas, se dijo que Cal y ella solo llevaban viviendo juntos siete meses, y aunque su relación le había proporcionado una alegría inimaginable, también le había supuesto algunos problemas. Ambos eran obstinados y seguros de sí mismos y no dudaban a la hora de decir lo que pensaban, y no siempre estaban de acuerdo. Por suerte, su compromiso era intenso, por lo que trataban de hallar una postura intermedia.

Recordó, sofocada, cómo había terminado su última discusión. No había que infravalorar la importancia del buen sexo cuando se trataba de sortear los pequeños enfrentamientos en una relación.

Lo importante era que quería tener un hijo de Cal por buenas razones. Sabía que él sería un padre estupendo, que ambos lo serían, ya que se complementaban: el enfoque lógico y disciplinado de él contrapesaba la pasión y el entusiasmo de ella.

Echó un chorrito de aceite a las hortalizas, las sazonó y metió la bandeja en el horno.

Pero la cabeza le decía que era demasiado pronto. Por desgracia, el corazón y el reloj biológico proclamaban lo contrario. Y cada vez le resultaba más difícil conciliarlos.

Comenzó a preparar la pasta. ¿Tan terrible sería hablar de ello como de pasada? Al fin y al cabo, sabía que Cal no sería el primero en plantearlo. Como a la mayoría de los hombres, no se le había ocurrido pensarlo, ya que carecía de reloj biológico.

Sopesó los pros y los contras de sacar el tema. Era muy poco probable que Cal accediera de entrada, así que tenía que estar preparada para que se negara o quisiera posponerlo. Y eso no debía alterarla. Tenía que estar dispuesta a ser paciente y pragmática antes de hablar de ello.

Por desgracia, ni la paciencia ni el pragmatismo eran sus puntos fuertes.

–Huele de maravilla.

Ruby dio un grito y tiró el cedazo, por lo que se vio envuelta en una nube de harina.

–¡Por Dios, Cal! ¿Quieres que me dé un infarto? –dijo ella mientras él la abrazaba por la cintura. Estaba tan absorta en sus pensamientos que no lo había oído entrar.

Él se echó a reír y ocultó el rostro en su cabello.

–Estás un poco nerviosa, ¿verdad?

¡Cuánto lo quería! ¿Qué haría si él le decía que no quería tener hijos?

–Sé que me va a encantar lo que estás preparando –la agarró por las caderas y le dio la vuelta–. ¿Por qué te has escondido? La fiesta no ha terminado.

–No me he escondido –replicó ella mientras colocaba las manos en la encimera–. Me apetecía estar tranquila un rato. Ha sido un día agotador.

Le puso un dedo bajo la barbilla para obligarla a mirarlo. Parecía intrigado y estaba tan guapo que a Ruby el corazón le dio un vuelco.

–¿Vas a decirme lo que te pasa? –le preguntó con suavidad. ¿O voy a tener que sonsacarte?

Ella se sonrojó. ¿Tan evidente era que le pasaba algo?

–No me pasa nada, estoy bien.

–Venga, Ruby. Más vale que me lo digas ahora o tendrás que hacerlo a la fuerza más tarde.

Ella quiso sonreír ante la broma, pero le fue imposible. Tragó saliva. Había llegado el momento de la verdad. Y aunque no estuvieran preparados para dar el siguiente paso, no podía seguir ocultando lo que sentía. Así al menos sabría qué terreno pisaba.

–He estado pensando en los hijos –carraspeó–. En nosotros y en si queremos tener hijos.

En vez de parecer perplejo y horrorizado, la sonrisa de Cal no se alteró.

–Ya veo.

–¿Qué te parece? ¿Estarías dispuesto? –trató de adoptar un tono brusco y neutro–. Quiero decir en principio. En estos momentos solo tenemos que tomar una decisión en principio. Es evidente que no debemos intentarlo inmediatamente. Solo tengo veintiocho años, por lo que nos quedan algunos antes de que tengamos que preocuparnos… –se quedó callada.

Estaba hablando por hablar. Parecía tonta.

–Me parece una idea maravillosa –la apretó contra la encimera–. ¿Y si empezamos ahora mismo?

Ella, enfadada, se resistió, poniéndole los brazos en el pecho.

–No es una broma, Cal. Hablo en serio.

–Ya lo sé –afirmó él sonriendo aún más–. Y yo también.

–¿Pero...? –se quedó con la boca abierta–. ¿Lo dices en serio?

Algo fallaba. Llevaba meses rompiéndose la cabeza sobre si hablar de ello o no, y él nunca tomaba una decisión sin analizar toda la información y los consejos que recibía. Había tardado una semana en elegir un nuevo aparato de televisión. Y era una de las cosas que a ella le encantaban de él. Por eso no podía haberse decidido en dos segundos.

–¿No lo vas a pensar primero? –murmuró aún sin recuperarse.

Él se encogió de hombros.

–¿Qué tengo que pensar? Serás una madre estupenda. Y creo que yo conseguiré ser un buen padre si me lo propongo. Cometeremos errores, como todos los padres, pero eso forma parte de la aventura.

–Pero, yo... –era incapaz de hablar a causa de la emoción, el amor y la sorpresa.

–Te quiero, Ruby. Me encanta estar contigo. Los últimos siete meses han sido los mejores de mi vida. Ni siquiera me importa que no hagas lo que te digo –se burló él. Cuando vuelvo a casa por la noche y te encuentro allí, me resulta increíble lo afortunado que soy por tenerte. Formamos una magnífica pareja. Nunca me he planteado tener hijos con otra mujer. Contigo, tiene lógica.

A ella se le llenaron los ojos de lágrimas. Era lógico. Y ya estaba. Se había angustiado debatiéndose entre preguntarle o no cuando tenía la respuesta delante de los ojos.

Él le secó una lágrima con el pulgar.

–Espero que llores de alegría.

Ella le dio un leve puñetazo en el brazo.

–Sabes que sí.

–Muy bien, porque tu plan tiene un pequeño inconveniente.

–¿Cuál?

–Como sabes, soy un tipo aburridamente convencional al que le gusta hacer las cosas en el orden adecuado. Y lo que me planteas es empezar la casa por el tejado.

–¿Cómo? –no sabía de qué le hablaba, pero estaba dispuesta a darle la oportunidad de que se explicara, debido a la euforia que la poseía.

–Antes de tener un hijo, quiero que lleves un anillo y que firmes el certificado de matrimonio.

–¿En serio? –no se le había ocurrido que pudiera ser más feliz, pero lo era.

–Totalmente –respondió él. Y la besó en los labios.

Como siempre, la pasión prendió en ellos instantáneamente. Pero antes de dejarse llevar, Ruby le puso la mano en le pecho para mantenerlo a distancia.

–No tan deprisa. Si esta es tu idea de una proposición matrimonial, resulta lamentable.

Él se echó a reír y la levantó para sentarla en la encimera y situarse entre sus muslos.

–Supongo que tendré que mejorarla –murmuró con un destello pícaro en los ojos–. Pero lo bueno es que –añadió mientra le metía las manos por debajo del vestido– aunque nos toque la lotería esta noche, puedo seguir practicando durante meses.

–Se me ocurre una idea mejor –propuso ella con una sonrisa descarada mientras se inclinaba hacia él–. Te voy a ahorrar las molestias. Callum, ¿te quieres casar conmigo y darme hijos?

Él la levantó en brazos y le acarició las nalgas al tiempo que ella lo enlazaba por la cintura con las piernas. Dieron una vuelta completa, él la besó y se echó a reír.

–¡Maldita sea! ¡Creí que nunca me lo pedirías!

Tardaron tres meses en que les tocara la lotería. Para entonces, Cal ya tenía la firma de Ruby en el certificado de matrimonio.

A la primavera siguiente, cuando los orgullosos padres celebraron el nacimiento de Max Ryan Westmore con una merienda de *cupcakes* y champán en el parque, todos estaban contentos. Excepto Ruby, que, a pesar de otros tres kilos que tendría que perder más adelante, estaba extasiada.

## Al borde del amor
# HEIDI BETTS

A Kara Kincaid le resultaba muy duro estar organizando la boda de su hermana con el magnate hotelero Eli Houghton, el hombre del que llevaba enamorada desde que era una chiquilla. Pero más duro fue cuando su hermana canceló la boda y el novio empezó a mostrarse demasiado atento con ella.

Después de un compromiso que no había funcionado, Eli creía haber encontrado a la mujer adecuada: Kara Kincaid. Su plan era convencerla de que no tenía intenciones ocultas y

de que las palabras mágicas que les abrirían las puertas de la felicidad eran "sí, quiero".

*Una boda interrumpida*

## ¡YA EN TU PUNTO DE VENTA!

# Acepte 2 de nuestras mejores novelas de amor GRATIS

## ¡Y reciba un regalo sorpresa!

## Oferta especial de tiempo limitado

**Rellene el cupón y envíelo a**
**Harlequin Reader Service®**
3010 Walden Ave.
P.O. Box 1867
Buffalo, N.Y. 14240-1867

**¡Sí!** Por favor, envíenme 2 novelas de amor de Harlequin (1 Bianca® y 1 Deseo®) gratis, más el regalo sorpresa. Luego remítanme 4 novelas nuevas todos los meses, las cuales recibiré mucho antes de que aparezcan en librerías, y factúrenme al bajo precio de $3,24 cada una, más $0,25 por envío e impuesto de ventas, si corresponde*. Este es el precio total, y es un ahorro de casi el 20% sobre el precio de portada! !Una oferta excelente! Entiendo que el hecho de aceptar estos libros y el regalo no me obliga en forma alguna a la compra de libros adicionales. Y también que puedo devolver cualquier envío y cancelar en cualquier momento. Aún si decido no comprar ningún otro libro de Harlequin, los 2 libros gratis y el regalo sorpresa son míos para siempre.

416 LBN DU7N

| | |
|---|---|
| Nombre y apellido | (Por favor, letra de molde) |

| | |
|---|---|
| Dirección | Apartamento No. |

| | | |
|---|---|---|
| Ciudad | Estado | Zona postal |

Esta oferta se limita a un pedido por hogar y no está disponible para los subscriptores actuales de Deseo® y Bianca®.
*Los términos y precios quedan sujetos a cambios sin aviso previo.
Impuestos de ventas aplican en N.Y.

SPN-03                                          ©2003 Harlequin Enterprises Limited

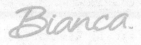

**Nunca la habían besado...**

Noelle fue una niña que lo tuvo todo. Hasta que aquel prodigio del piano cayó en desgracia. Sin nada y desesperada, se vio obligada a aceptar la oportuna propuesta de Ethan Grey.

Ethan quería venganza y solo necesitaba que Noelle firmara el certificado de matrimonio. Sin embargo, su cuidadosamente tramada farsa se desmoronó ante la inocencia de ella.

Noelle solo había sentido la emoción cuando estaba sentada a su querido piano. Sin embargo, en ese momento, su cuerpo traicionero anhelaba la pasión abrasadora que despertaba Ethan con sus diestras caricias. Pero ¿alguna vez la consideraría algo más que un medio para alcanzar un fin?

Sinfonía de seducción

**Maisey Yates**

## Un reencuentro perfecto
# SARAH M. ANDERSON

Nick Longhair se había marcha-
do de la reserva sin mirar atrás y
le había pedido a Tanya Rattling
Blanket que lo acompañase varias veces, pero Nick no suplica-
ba. Cuando el trabajo lo llevó de
vuelta a la tierra de sus ances-
tros, comprendió lo que había
perdido a cambio de dinero y
poder.

Mientras él estaba en Chicago,
Tanya había tenido un hijo suyo,
al que no conocía. Decidido a
darle lo mejor, Nick pensó que
no volvería a marcharse, al menos solo, pero eso significaba
volver a ganarse el amor de aquellos a los que había dejado atrás.

*¿Podría recuperar el tiempo perdido?*

# ¡YA EN TU PUNTO DE VENTA!